狼殇

王族 著

长江文艺出版社

北京长江新世纪文化传媒有限公司
www.cjxinshiji.com
出品

目 录

狼之志

母狼的决绝 … 002
游牧者的模仿 … 004
荒野中的绝响 … 005
头狼的意志和方向 … 007
草原布道者 … 010
人狼之争 … 011
对生命的关爱 … 013
狼髀石和狼牙 … 015
工业冲击 … 017
在星空下逝去 … 019

狼之情

草原守护神 … 024
叛逃狼群 … 035
无声的跟随 … 045
莲花状的白云 … 049
山坡上下 … 054

狼之士

陷　阱　　　　　　　　… 066
在大雪中走散　　　　　… 078
爪印幻影　　　　　　　… 086
梦里梦外　　　　　　　… 094
迎接死亡　　　　　　　… 102

狼之殉

牦牛头上的狼尸　　　　… 110
疯了的一只狼　　　　　… 119
月圆之夜　　　　　　　… 126
嬗　变　　　　　　　　… 137
独　行　　　　　　　　… 144
彻夜长嗥　　　　　　　… 155
两条腿的抗争　　　　　… 167
觅　食　　　　　　　　… 175
抢　夺　　　　　　　　… 188

后记　期望你回家的眼睛　… 202

狼 之 志

狼七天吃肉、七天吃草、七天喝水、七天喝风。喝风的狼,把孤独忍在心里;吃肉的狼,把故事留在草原。

 狼　殇

母狼的决绝

狼一出生便面临死亡。

母狼分娩后的乳汁有限，加之小狼没有牙齿，无法啃食，小狼便常常忍受饥饿。在此期间，有的小狼会被饿死。这是小狼生命中的第一次磨难，一直要持续到它们长出牙齿才会有所好转。在这期间，小狼的温饱没有保障，如果母狼能捕回食物，小狼便可啃食活命，否则，母狼只能吐出腹内尚未消化的食物，让小狼慢慢吃下。

母狼捕回的食物往往有限，小狼会因为夺食而互相撕咬，一旁的母狼不会阻挡它们，也不会帮助任何一只。狼的法则是从小便以优胜劣汰的方式开始竞争，至于一只狼能否生存，则取决于它在生死沉浮中能坚持多久。

在狼的世界中，每只狼都能认出生养自己的母狼，但不会得到母狼的关爱。自它们出生后，饥饿、孤独、艰辛和残酷会伴随它们一生，狼由于缺失亲情，自小便养成残忍和果敢的习性，轮到它们当父母时，依然会如此对待下一代。

小狼长到两三个月时，母狼便将它们带出洞穴，以流浪

的方式开始捕食。因为要照顾小狼，母狼只要捕到兔子一类的小动物就会返回。在大多时候，母狼会陪伴小狼长大，并且长期在同一个狼群中。但也有例外，一位牧民曾看见母狼带着两只小狼走出洞穴，就在小狼们刚刚打量这个世界时，母狼却突然转身离去。原来，母狼为了避免小狼们依赖它，便以放养的模式让它们学会生存。两只小狼望着母狼在山冈上消失，一只无奈地嗥叫几声，转身去寻找吃食，另一只向远处奔跑而去。

即使是在狼群中，小狼们也不会得到特殊照顾，它们必须自己捕食，学会在艰辛中生存。它们看见兔子、松鼠或野鸡后，会想起母狼给它们吃过的味道，于是体内涌起热流，喉咙里亦自然发出嗥叫，然后就扑了过去。它们的牙齿但凡沾过一次血腥，其味觉就会永远留存，这是它们命中注定的一生都不能改变的捕食方式。

有一句谚语说，听到的声音不仅属于耳朵，还属于心。哈萨克族的男孩们长到一定年龄时，会被带去拜访亲戚朋友，被拜访者会为男孩准备好马鞍子、马鞭子、马肚带和马镫带等骑具。他们坚信，再美丽的草原，如果没有马，就永远不会到达。他们为男孩配备骑具，既是上马仪式，也是祝福。

牧民长期观察狼，并从狼的举动中得到启发，他们在孩子成长到能够放牧时，便引用狼的行为鼓励他们：狼不知道食物在哪里，但它们的爪印能够到达天边。去吧，不管走多远，

 狼　殇

都不要留恋母亲的怀抱,也不要猜想,父亲的目光是否还在你身上。

游牧者的模仿

游牧民族与狼互相依存,在精神上互相影响,共同在蛮荒之地生存。他们认为狼是天的儿子,它们受苍天之命来到草原上保护万物。他们还认为,狼在疲惫时对着月亮或天空长嗥,是在让身心获得力量。

匈奴人在童年便模仿狼的方式,先是做游戏,再大一些便开始打猎,长到十多岁便加入队伍中去打仗。他们会用计谋诱惑对手进入埋伏圈,然后模仿狼的叫声把对手包围。如果战机不利,便迅速撤走,且不以此为耻。他们在平时沉默寡言,一旦上了战场,便会埋伏在沙丘、树林和石头后面,待时机成熟,一跃而出。他们的声音和行动都有狼一样勇往直前、绝不回头的赴死精神。

狼生命中的无畏秉性影响了匈奴人的意志和行为。匈奴的单于死后,其正室妻子和奴仆会在坟前割喉而亡,以示永久追随;其他匈奴人则用刀把脸割破,让鲜血和泪水一起流淌,认为那样做可使单于七度重生。狼吃完抓来的动物后,会把骨头堆放在一起,以示一种荣耀。匈奴人也模仿狼的方

式纪念生命，一个匈奴人战死后，活着的匈奴人会在他的坟前摆放一堆石头，其数量与他生前杀死敌人的数量相同。

在两千多年前的西域，狼曾经是游牧民族最亲切的大自然伙伴。乌孙人在一次战败后，一位仆人背着大汗的儿子去投靠他的舅舅，也就是在当时任匈奴单于的冒顿，在半路因饥饿难忍，那仆人便将大汗之子藏在草丛中，自己去找吃食，等他返回时惊讶地看见，有一只母狼正在用乳汁喂大汗之子，而一只乌鸦正叼着一块肉从空中落下。

成吉思汗严禁士兵猎狼，曾下令："若有苍狼、花鹿入围，不许杀戮。"他的部下曾遇到一个自小被狼掳走的狼孩。狼孩食狼奶长大，懂狼语，在月圆之夜会像狼一样嗥叫。士兵们将那狼孩救出，给他食物和衣服，并教他说话，将他培养成一名士兵。一天傍晚，狼孩听到一阵狼的嗥叫，趴在地上用耳朵倾听片刻后，告知大家：狼群正在传递信息，他们驻扎的山谷将在当晚发洪水。大家于是及时撤离，而追击而来的敌人因为不知道洪水将至，被突发的洪水淹死不少。

荒野中的绝响

狼的传奇像洪流一样，常常从历史和人们的诉说中溢出，并在现实中重演。人们常说：狼的身影在牧民眼里，狼的事情

 狼 殇

在牧民心里。最熟悉和最了解狼的是牧民,他们在放牧时发现狼洞,从不打扰和破坏,而是主动避开。狼洞里一般有一大一小两室,可供两只狼潜藏。狼为了自己的安全,会在狼洞前面堆一大堆土,用于迷惑人或其他动物。如果有人或别的动物走近发现了狼洞,它们会果断放弃,从此再也不会回来。

有一句老话说:同一件事,人看两眼,狼看一眼。意思是说同一件事,人要看两眼才能明白,而狼只需看一眼。不论是狼的智慧,还是狼的行为,都颇具凛冽豪气。在雪野或密林中,如果传出嘶哑的嗥叫,一定是狼群要出现了。狼群出现后,会前仰后蹲一动不动,眼睛里流露出扫视大地的寒光。这是狼进攻猎物前惯有的习惯,在短短的时间里,这股野性会变得像洪水,要将它看到的东西淹没。狼群一旦出击,会在对方尚未察觉的情况下,对其实施致命一击。狼将动物的习性牢记在心,如果盯上它们,便会长久潜伏,当它们在清晨或黄昏出现时,狼群会迅速扑过去将它们咬死。

狼是最为孤独的觅食者,它们的生存主要依靠肉食,但在夏天也吃青草、嫩芽和浆果。狼很少喝流动的河水或山涧溪水,因为水流会把它们的气息带向远处,容易暴露行踪。它们喜欢喝积水或泉水,为此,它们会长途跋涉去寻找,直到找到为止。所以,狼的艰辛行走在很多时候并不是为了捕取食物,而是为了寻找水。

狼的奔跑速度极快,一小时可穿越五十公里左右。它们

狼之志

爬山时并不会减缓速度，往往可以从一块石头跳到另一块石头上。狼走过空旷地带时，会快速穿过，以免让自己暴露。一旦被人或者其他动物发现，狼不会用遮掩物隐藏自己，而是会与其对视，随时准备搏斗。如果它们不想搏斗，会选择有利地形迅速离去。狼的记性很好，每走过一个地方，都会牢记在心，如果需要从原路返回，会根据记忆选择捷径，并准确到达目的地。

为群狼出去打探消息的独狼必须具备勇敢、睿智和智慧的品质。独狼找到目标，把嘴插入地缝发出嗥叫声，狼群听到后会汇聚过去。如果独狼在外遇到危险，能解决危险便可归队，解决不了便命殒荒野。所以说，独狼是狼群中的敢死队员。

在狼身上，孤独和骄傲并存。狼即使吃东西时也高度警惕，一旦有风吹草动，便舍弃食物一跃而起，将身影闪入旷野之中。午夜是狼最兴奋的时刻，它们伫立在高处对着圆月发出长嗥，在那一刻精神振奋，浑身激荡着难耐的热流。

头狼的意志和方向

头狼是狼群的意志和方向，狼群始终服从头狼的领导。一群狼的数量至少有三只，一般情况下有十只左右。在春天，

 狼　殇

狼群数量会增加到十五只左右,因为牧民正赶着牛羊转场,这个季节的黄羊和兔子也出动最多,狼为了捕食,常常以集群方式进攻。狼群的组合时间都不长,因为它们捕到的食物很有限,譬如捕到兔子,可勉强使狼群充饥;捕到黄羊,也仅仅能让狼群饱食一顿,过不了多久就会又面临饥饿。为了摆脱捕食困境,狼群的数量经常处于变化之中。有一句谚语说,狼七天吃肉、七天吃草、七天喝水、七天喝风。由此可见,狼在一个月内只能吃一次肉,其他时间则勉强应付。如此残酷的处境,注定它们只能减少数量,才能保障食物自足。

头狼可以是一只公狼,也可以是一只母狼。头狼最大的权力和身份象征,是有权与狼群中的任何一只异性狼交配。狼群有固定的领域,且自觉遵守活动范围,从不踏入其他狼群的领域。狼群会因为繁衍或别的狼加入导致领域缩小,头狼于是带领狼群向别处迁移,去寻找新的栖身之地。如果狼群之间发生领域冲突,头狼会发出嗥叫宣告主权,直至对方的头狼带领狼群离去。

在漫漫长途中,狼群也许会遇到突如其来的另一狼群,两群狼的头狼会怒目对视,但很少搏斗。狼不能进入别的狼群的领地,如果误入会及时退出,头狼会让狼群将捕获的食物留下。头狼靠声音传递信息,熟知狼的牧民根据听到的叫声,可判断出头狼是在召唤走散的狼归群,还是督促狼群快速穿过危险地带,抑或是要向猎物发起进攻。

狼之志

头狼不论走动还是站立，都会将头高挺，两只耳朵直立向前，一直高翘着尾巴。狼的威风在它们的尾巴上，地位低的狼则把尾巴夹在两腿之间，或将尾巴卷曲起来朝向背部，一副很听话的样子。

狼群围攻动物时，头狼会率先以冲出的方式发出号令。有牧民曾亲眼看见一群饿狼围住一只鹿后，头狼先冲过去咬伤鹿的一条腿，随即转身返回狼群，让另一只狼去咬鹿的另一条腿。它们之所以不凶猛进攻，是因为鹿善于用蹄子攻击，一蹄子便可导致狼丧命。所以，狼轮番扑上去咬鹿的腿，让鹿大量失血，失去反抗的力气和意志。最后，鹿轰然倒地，狼群一拥而上，撕扯开鹿的皮肉吞吃起来。

在新疆的巴音布鲁克草原上有一座狼山。每年开春时，头狼在狼山上仰头长嗥，散落在各处过冬的狼便到狼山下用嗥叫回应头狼，待嗥叫声落下，它们便汇集成狼群，开始一年的集群式捕食。而头狼在狼山上早已观察到了一年中最早出来的动物，它向狼群传递出信息，狼群便像离弦之箭扑向目标。

一群狼走动时，走在最前面的是头狼，它用头在草木中辟出小路，让后面的狼顺利通行。跟在头狼后面的狼把爪子踩进头狼的爪印中，那样就会蒙蔽其他狼群，使其误认为只有一只狼从那里经过。头狼的谋略之高、心性之谨慎，在这件事中可窥一斑。

 狼　殇

草原布道者

　　有一句谚语说：喝风的狼，把孤独忍在心里；吃肉的狼，把故事留在草原。有一只狼被打伤后无法逃出包围，便一头撞死在石头上。在内蒙古的锡林郭勒草原上，流传着一首长调："一只狼在仰天长啸，一条腿被猎夹紧咬，它最后咬断了自己的骨头，带着三条腿继续寻找故乡。"狼不屈服命运的精神，在这首长调中体现得淋漓尽致。

　　有人曾见过一只三条腿的狼，它并不因为少一条腿而行走受限，反之，被激发出了智慧。它偷袭羊群时被牧民发现，在逃跑中有好几次险些跌倒，但进入树林后，情形急剧转变，它巧妙地将屁股往树上一靠，便掌握重心，复又向前跑去。牧民们望着它的身影，无可奈何地说：三条腿的狼也聪明得很啊，所有的树都是它的腿！

　　狼的精神让人感动。有一首古老的猎歌："一只苍狼出现，我的猎犬把它咬翻。我举起弓箭，猎犬却突然返还。母狼已被咬伤，却护住了腹下的幼子。我与苍狼对视半天，从此不再轻易出箭。"

　　有人说，狼是动物中会数数的动物。它们围住羊群后，往往要逼视很长时间。它们这样做有两个目的：一是等待羊

群慌乱,那是最佳的出击时机;二是在数羊群有多少只,以便做出最精准的攻击。它们的偷袭经常会被人发现,所以,它们会先将羊肠子扯出叼走。如果没有人发觉,它们会把羊咬死,然后钻到羊肚子下把羊背走。狼将咬死的动物运回狼群后,会在狼群面前跑上几圈,然后,狼群才会上前争食。

狼身上有极为浓烈的"文化色彩"。据说,有一群狼趁牧民不备,在短时间里便咬死四十多只羊。它们知道无法将那些羊弄走,便将羊的肚子撕开,迅速吞吃了内脏。然后,它们将羊尸在山坡上摆成一个月亮形状后离去。牧民看见山坡上的那个"月亮",惊愕不已。还有一只狼被几位猎人围住后,发出几声撕心裂肺的嗥叫,附近山谷中的狼听到它的嗥叫,一边嗥叫,一边向它奔跑过来。猎人被吓坏了,他们能包围一只狼,但对付不了一群狼,只能转身跑开。

深夜,狼的一声嗥叫会让人惊骇不已。每一只狼都有自己的声音,不论是嗥叫还是呼唤,绝不重复。没有人能说清狼嗥叫的意思,大自然赐予它们这一禀赋,它们从中享受着独有的快乐。

人狼之争

人与狼对峙,其实并非面对面,更多的是人对狼的防范

 狼 殇

和狼对人的窥视,一旦二者之间的"篱笆"被推倒,狼便一跃而起接近人,制造出血淋淋的事件。有一句哈萨克族谚语说:狼行千里,为的是名声。所谓狼的名声,是说狼吃羊时并不与人斗勇,而是与人斗智。有一位牧民的三只羊被狼咬死了,他端着猎枪把狼逼到悬崖边,心想今天前面是枪口,后面是悬崖,你左右都是死,我要为我的羊报仇。就在他那样想的片刻,那只狼突然扭身将尾巴甩了过来,一股难闻的东西钻进他的眼睛,那只狼嗥叫一声便不见了。后来,他才明白,狼在无路可逃时,会用两条后腿紧夹尾巴把尿尿出,迅速甩进人的眼睛,然后趁人慌乱迅速逃跑。

狼与人斗勇时,人一直处于被动位置。一只狼冲进羊群扑向一只羊,牧民看见狼的獠牙像刀子一样划向羊的脖子,羊便倒了下去。狼没有松口,而是用力一甩,把羊甩到背上之后便跑。牧民骑上马去追赶,狼跑到山坡下,无力攀爬上去,扔下羊跑了。牧民在事后分析,狼咬死羊后没有来得及换嘴喘气,否则一定能把那只羊背上山。

有一年因为狼多,人们组成防狼队守在牧场外围,防止狼进入牧场。狼群在距他们四五百米处蹲立不动,这样的射程只能浪费弹药,他们只能等待。狼蹲立了一个多小时后转身退去,他们才松了一口气,但没有想到,这群狼迷惑了他们,另几只狼快速翻山进入牧场,咬死了十几只羊。

一峰骆驼在转场中发出怪异的粗喘声,牧民以为羊爬到

了驼背上，掀开驼背上的衣物后，一只狼跳了下来。原来，那只狼藏在驼背上是想给狼群带路，引它们晚上来偷袭羊群。还有一只狼，悄悄接近牧民的冬窝子，等待晚上咬死羊吃掉。它被牧民发现后变得很愤怒，从牧民手中一口叼走火把，甩到了马草堆上，差点儿把马草点燃。狼的阴谋不能得逞，便要报复。

但是，牧民有时候也会怜悯狼，他们认为人类过度占有草原，严重影响了狼的生存空间，才导致狼与人夺食。为此，他们以平常心态对待狼，并总结出一句谚语：有人就有贼，有山就有狼。

对生命的关爱

狼对大自然中的一些动物充满友爱，经常不动声色地关心它们。它们会在吃完猎物后把一些骨头、皮肉等残渣剩屑留在路边，陷入无助境地的狐狸、秃鹫、鹰、乌鸦等会靠那些东西渡过难关。受狼的启发，新疆人在沙漠中吃完西瓜，会将瓜皮反扣在地上，使其保持一定的水分，使受困的人或饥渴的鸟儿得到解救。

乌鸦的捕食能力在鸟类中最低，但它们是狼的好朋友，一旦发现猎物，就会给狼报信。狼接到信号后会快速向目标

 狼 殇

扑过去。狼和乌鸦形影不离,所以,狼每每吃捕获的动物时,会给乌鸦留一些,乌鸦会在狼离开后飞下去把残食吃掉。

春天,兔子和黄羊总是先于牛羊进入牧场,刚发芽的青草被它们啃食。兔子吃草像镰刀割麦一样,而黄羊吃饱后喜欢蹦跳,青草会受到二次践踏,在当年很难恢复。牧民为此常说,每年最让人头疼的并不是狼,而是兔子贪婪的牙齿,还有黄羊不老实的蹄子。在这个季节,狼会把兔子和黄羊作为捕食对象,对它们起到驱赶作用,让草原避免被过度啃食和践踏。

狼在草原上奔跑时,嘴里会呼出一种特殊的味道,这种味道散布到草原上,牛羊和马等牲畜闻到后,会精神振奋,提高免疫力。牧民对这一现象给出这样的说法:狼的消化能力强,加之经常处于饥饿之中,所以,它们的呼吸系统从不感染,呼出的气息干净纯正。牧民每年进入牧场后,会对牛羊念叨一句:嘴长在自己身上,草长在牧场上,你们在这一年里闻着狼的美妙气息,好好吃草吧,然后在大雪飘飞的时候回到冬牧场。

有牧民发现,如果羊群中有一只羊得病,呼出的气息会被狼闻到,狼便断定得病的羊易于捕获,会想尽办法把它咬死吃掉。狼的这一举动可防止羊群传染疾病,可谓功不可没。牧民由此受到启发,在入冬后会把那些经过一个夏天放牧、膘情并未达到理想效果并且没有把握能够过冬的马宰杀,储

备成过冬肉食。同时，他们也会把无法过冬的羊在秋末宰杀，或用"以物换茶"方式换取黑砖茶。

察哈尔人非常尊敬狼，认为狼是长生天派来的天狗，专门来保护草原，调节草原上动物的生存环境。以前，狼对着天空长嗥几声，不属于草原的动物就会自觉离去。现在，因为缺少狼的驱赶调节，动物的生存环境失去平衡，导致草原上牲畜混乱，经常出现难以预料的畜灾。

狼髀石和狼牙

狼髀石是狼身上最宝贵的东西。蒙古族有一个说法：如果你有一对狼髀石，当你遇到你一生最珍惜的人、不离不弃的人、最重视的人时，就可以给他一块狼髀石。这样做的寓意是，一只狼有两块髀石，它们在一起时左右相伴，不在一起时会拴住相知的心。

狼髀石与狼的奔跑以及后腿发力有关。狼喜欢前仰后蹲，为的是在一瞬间用后腿的爪子蹬地，利用蹄腕的爆发力蹿出。狼奔跑时会把两条前腿用力伸出，两条后腿每每落地，就利用蹄腕稳稳掌握重心站牢，所以，狼髀石便成为力量和智慧的象征。

狼髀石受游牧民族喜爱，男人常将其佩戴于身，以图吉

 狼 殇

利；妇女生孩子时，家人把狼髀石戴在她们手上，可保佑她们顺利生下孩子；婴儿出生后，用狼皮裹住，在摇篮下挂一块狼髀石，寓意长命百岁；牧民放牧时，会在口袋中装上狼髀石或狼牙，他们认为有此物在身，可逢凶化吉。

牧民平时怕狼、恨狼，但极其尊重死亡的狼。他们会将狼尸抬到大石头上，让狼头朝向一个方向，并且呈高仰的姿势，然后才开始剥狼皮，取狼髀石和狼牙。有人劝牧民不要取狼髀石和狼牙，把它们埋了才对。牧民说狼在草原上一生，靠的是身体里的力量和狼髀石、狼牙，现在它要回到天上去，它愿意把狼髀石和狼牙留给人，成为人的力量和信仰。

假狼髀石和狼牙很多，牧民自有辨别真伪的办法：不用看其质地和纹路，只要将其往马的鼻子下面一放，是真的，马就会大叫；是假的，马没有反应。

除了狼髀石，狼牙也有象征作用。有谚语说：狼的牙沾了血，会把大树咬断；狼的牙吃了肉，会把石头咬烂。也有人说，因为狼牙留有狼的味道，只要人身上有狼牙，野兽闻到后就会远远避开。不仅是别的野兽，就连狼也会有同样的反应。有一人在放牧时被一只狼攻击，眼看狼要一口咬向他的脖子，但看见他脖子上挂有狼牙，嗥叫一声便走了。

有一人把狼牙像项链一样挂在脖子上，被另一人指出不妥，并解释说狼髀石可以挂在脖子上，但狼牙应佩戴在隐蔽的地方，原因是狼牙多被狼用于攻击和吞噬，若将其藏起来，

可寓意不动声色之力。有老话说：狼髀石要亮出来，狼牙要藏起来，说的就是这个意思。再则，狼牙有味儿，挂脖子上容易闻到，亦不好。

工业冲击

如今的狼因为受工业和现代社会的冲击，生存状态骤然发生了变化。牧民转场时用大卡车运输羊，青年人将摩托车用于放牧中，这些机械改变了放牧方式，让狼很难再接近牧场和牛羊。同时，因为草原上有了卡车尾气和汽油味儿，让不少动物远离。虽然狼还留在草原上，但捕食方式已被迫改变。

在牧区，鞭炮替代了古老的"稻草人"。有人看见狼，便在牧场边上放鞭炮。狼不喜欢鞭炮的脆响和火药味儿，便会远离。放牧虽然安全了，但牧场周围的动物急剧增多，青草常常在一夜之间被黄羊啃光，牧民的放牧面临前所未有的危机。

近年来，草原上出现了发电机和煤气炉。狼不喜欢闻汽油味儿，亦不愿看见电灯泡的光芒，所以，它们一再被逼走。但狼要活下去，它们失去捕食目标后，便会做出反常的捕食行为。新疆北塔山的一个牧业团场，仅仅一个下午就被好几群狼咬死一百多只羊、二十多匹马，有的母马正在怀孕期。

 狼 殇

牧民痛心地说，一匹母马被咬死，等于死了两匹马。牧民很担心，狼喜欢从容捕食，当它们用疯狂的方式也无法继续捕食时，就会彻底离去，没有二百年不会回来，到那时，草原生态会严重失衡。

全球气温变暖对狼而言却是一个意外良机，气温变暖会加速雪山上积雪的融化，向山下流淌大量雪水，使草原上的青草长势良好。青草长得好，喜欢吃青草的野兔、黄羊、藏羚羊、野驴等由此增多，这些动物一多，喜欢吃它们的狼便也增多。这就是近年来草原上的狼急剧增多的原因。就在人们以为狼已经远去、并且不适宜再在这个时代继续生存时，狼却突然出现了，其数量之多、侵袭家畜数量之大，无不让人触目惊心。也有人预测，全球气温变暖最多会让积雪融化保持五十年，这五十年是积雪融化的黄金时期，五十年过后，草原会严重沙化，狼会在夕阳尽头走远，再也不会回来。

狼在近年增多还有一个原因：很多有草原、牧场和草场的地方，都执行"牧民定居"和"退牧还草"政策，草原因为受到保护，达到前所未有的生态平衡，狼由此获得最好的生存环境，所以大量出现。中国周边一些国家的狼也被良好的生态环境吸引，跨越国界进入中国。牧民们惊呼：如今的草原上，来了外国狼！

此外，狼增多还有一个原因：近年来，市场上的羊肉售价上涨，养羊经济价值可观，牧民养羊的数量随之增加。但

谁也没有想到，数量庞大的牲畜，在狼的眼里变成了庞大的捕食目标，一次次实施了疯狂突袭。市场经济滋生的链条，将狼牵入无序循环中，草原文明再次受到冲击和考验，当下的牲畜分配是否合理，再次成为难题。人们为此谈论一个古老的话题：在人类还没有驯养羊类、仅以猎捕方式生存时，人与狼从未发生纷争，而是互相帮助，譬如，狼会发挥追赶和恐吓的优势，将动物赶到人们埋伏的地方，让人们发挥刀戈和弓箭优势将其射杀；分配猎物时，人们会给狼留下一些猎物，以示取舍公平。

在星空下逝去

野生的狼因为一直在荒野生存，最多活十六年，而人工饲养的狼因为生存条件好，能活二十年。狼死亡的原因有很多，疾病是导致死亡的一大因素。它们捕食时，常常被传染上狂犬病、细小病毒和犬瘟热等流行病，最后在迅疾的奔跑中一头栽倒。

让人难以置信的是，狼虽然凶残，它们的天敌却是毫不起眼的红蚂蚁。牧场周围长有松树，树下的红蚂蚁是微小的杀手，它们用松针在树下垒起圆圆的蚂蚁窝。林中百兽都知道红蚂蚁厉害，所以从不接近。曾有一只狼不巧跌倒在一个

 狼 殇

红蚂蚁窝中,狼群看见它身上爬满红蚂蚁,嗥叫几声便放弃了它。几天后,那只狼只剩下森森白骨,有很多红蚂蚁仍在白骨上爬行。

猎人的夹子、布鲁、石夹、圈套、格扇都是能致狼于死地的捕兽器。猎人埋设捕兽器前,常常会对猎物念叨一句话:你死不为罪过,我活不能挨饿。狩猎是一种古老的职业,猎人猎捕动物,是在名正言顺地维系自身生存,所以,他们多无情猎捕,少感叹犹豫,但他们说出这句话时,人性即闪现出了光芒。狼有一个致命的弱点,闻到肉味儿或看到肉食后,会直接扑过去吞吃。但凡意外出现的肉,其实都是猎人的诱饵。他们会把捕兽器安装在肉下面或旁边,狼张开嘴去吃肉的一瞬,头部被夹子夹击得粉碎,当场便毙命。猎人从狼头上取下捕兽器时,会看见狼眼中布满惊骇和恐惧。狼在死去的那一瞬间,心里弥漫过怎样的屈辱和恐惧?

猎人若是对狼投毒,首选的是毒性最大的草乌。猎人们常说:狼给人带来一场灾难,人给狼送去一朵草乌。这句话看似平静,却暗含计谋、布置、诱惑、较量和毒杀。猎人将草乌用于投毒的方法很简单,在狼出没的地方,投放一包含有草乌的东西,譬如一块肉或一只兔子,狼吃了两三个小时后,便倒在地上一动不动,口鼻中的白沫凝成一团。

在猎枪下毙命是狼最为常见的死亡方式。猎人经过埋伏或追踪,最后把狼锁死在瞄准星下,然后开枪将狼打死。但

是也有意外。据说,有一只狼在面对一位猎人的枪口时,正巧一团黑影笼罩到猎人身上,紧接着,他的猎枪便炸膛了,他脸上满是红色血珠,而那只狼倏忽一闪便消失了。另一位猎人背他返回,他说他昨晚做了一个梦,梦见自己被狼诅咒了。背他的那位猎人双腿一软,险些跌倒。

大多数狼在老死之际会大声嗥叫,召唤同类到自己身边来。它们这样做并不是恐惧死亡,而是要将自己知道的巢穴、河流、牧场等分布情况告诉同类,这是每一只狼都会遵守的传承规则。狼死后,同类会把它吃掉,不让它的皮肉和骨头遗失于荒野,这是狼死后享受的最好的葬礼。

群狼吃完死去的狼,会抬头把眼泪洒向夜空。那时的夜空,一定有繁星正在闪烁。

狼 之 情

一只苍狼出现,我的猎犬把它咬翻。我举起弓箭,猎犬却突然返还。母狼已被咬伤,却护住了腹下的幼子。我与苍狼对视半天,从此不再轻易出箭。

 狼　殇

草原守护神

草原不大，发生一件小事，也会迅速传开。

这段时间传开一个说法，说狼对羊有好处，羊离了狼会生病，还会死掉。

这件事是牧民别克传开的。

有人问别克："你说的有根据吗？老话说，果子落下，离树不远。你现在这样胡说八道，就像把松鼠的儿子说成是蚂蚁，把牛的父亲说成是骆驼，一点儿也不像草原上的人在说话。"

别克笑而不答，似乎不把这个说法传遍天下，他就不会说出缘由。

人们疑惑：狼那么可怕，怎么会对羊有好处？

别克说："狼对羊绝对有好处，只不过你们不知道罢了。"

人们很愤怒，让别克讲出原因，否则就是对大家不尊重。有人想起别克的羊被狼祸害过，便嘲笑他的脑子坏了，不但不记恨狼，反而给狼说好话。

说起来，别克曾被狼祸害得挺惨。有一年3月，一只狼

进入他的羊圈,将一只羊咬死,但别克不敢冲进去打狼。别克之所以害怕是有原因的:曾有一只狼咬死他的羊后,反过来差点儿一口咬到他脸上,他眼睁睁地看着狼把羊拖走,没有做出任何举动。一位牧民骑马追上去,用缰绳将马镫子绑住,甩出去打到狼身上,狼才扔下羊逃走。经历过那样的事情,别克应该恨狼,但别克对狼没有恨意,反而一再说狼的好处。人们起初说别克脑子坏了,是在挖苦他,后来觉得他的脑子真的坏了,否则不会如此反常。人们找到别克的父亲告状:您老人家一世英名,快管管您的儿子吧,否则他就会辱没您,让您的家族受辱。别克的父亲知道别克这个说法的缘由,而且觉得再不公布原因,就会引起误会,所以劝别克把真相告诉大家。

别克这才说出这个说法的缘由。

前一年,别克在草原放牧时,弄清楚了一件事:狼奔跑时,自身会散发出一种独特的气味,风会将这种气味散播到每一个角落。牛、羊等牲畜闻到这种来自天敌的气味,会不由自主地保持活力并提高身体机能。如果草原上没有狼,牛、羊等牲畜闻不到那种味道,就会莫名其妙地生病,甚至会大批死亡。狼进入牧场,体壮健康的牲畜都跑了,只有那些体弱和患病的牲畜跑不动,被狼吃掉。这样一来,不但可以起到优胜劣汰的作用,还可避免瘟疫传播。

这就是狼对牛、羊等牲畜有好处的原因。

 狼　殇

　　这个说法很有意思,也符合事实,人们都信了。

　　因为人们都相信了别克的话,从此,别克在草原上有了地位,人们都很尊重他,碰到他会给他行礼。

　　入春后,别克和弟弟赶着羊群去了草原深处。弟弟一脸忧虑——哥哥把事情说得太不着边际,他担心那是一个谎言,更不愿意被哥哥带到让众人嘲笑的漩涡中去。

　　很快,又传出一个让人们震惊的消息:不少牧民的羊被狼咬死,草原上发生了狼灾。

　　这就奇怪了,别克说狼只会吃生病的羊,现在的事实不是把他的说法否定了吗?人们怀疑别克,觉得那个说法是他编的,他是一个骗子。

　　弟弟的脸色更不好看了。

　　人们去质问别克:"你的那些说法是听来的,还是你编的?"

　　"我们一代又一代人在草原上放牧,怎么能被你的谎言欺骗?"

　　"你这是让我们受辱!"

　　别克说:"说法是从草原上得来的,不会错。现在的问题是,今年的狼不知为什么突然变了?"

　　为了弄清真相,别克去牧区寻找狼的踪迹,很快便探得一个消息:前一年,有几位牧民进入草原后,投毒将几只狼毒死,之后,狼群经常在那几只狼命殁的地方长嗥,不知详

狼之情

情的人以为它们是为失去同类而伤痛,实际上,它们是用嗥叫的方法在牢记那几位牧民的面孔,以备他们在来年进入草原后复仇。狼记仇,如果受到人或其他动物的伤害,它们会想尽一切办法复仇,如若在它们有限的生命中无法实现愿望,会告知同伴或下一代,直至达到复仇目的才肯作罢。那几位牧民在这一年春天进入草原。狼群已经苦苦等待一个冬天,对周围的环境和地形早已烂熟于心,也早已预谋好了报复他们的办法。在他们进入牧场的第二天,羊群就被狼冲散,然后被一一咬死。咬死羊并非狼的复仇计划,它们很快又扑向那几位牧民,要把他们咬死。他们吓坏了,这才想起前一年做过的错事。他们躲在毡房中不敢出来。狼无奈,便将挂在毡房外的几件衣服撕碎,然后嗥叫着离去。狼知道衣服是人穿在身上的,将衣服撕碎便等于把人撕碎。它们太过于悲愤,便如此发泄了一番。

狼走了,人不敢再待在草原上,便匆忙去了别处。

这件事也让别克的弟弟恐惧,他劝别克还是要防狼,千万不要把狼说得那么好,说不定你刚对狼唱了赞歌,它却会一口把你咬死。

别克说:"狼里面分好狼和坏狼,就像人,也有好人和坏人。我们要有耐心,不能一棍子打倒一大片。"

弟弟沉着脸,没有说话。

人们不再相信别克,赶着牛羊去了别的地方,只有别克

 狼　殇

和弟弟留在了草原上。

弟弟很担心:"草原上刚刚发生过狼灾,我们留在这里,难道要把羊往狼嘴里送吗?"

别克对弟弟说:"咱们走自己的路,不要因为别人的话迷失了方向。"

弟弟一脸无奈,勉勉强强听了别克的话。

走在路上,别克给弟弟讲了一个发生在阿勒泰的人与狼的故事。有一位牧民在一次转场途中,捡到一只快要饿死的狼崽。别人要把它打死,但牧民心生善意,给它喂了吃的东西,然后把它放了。第二年在那仁牧场,他的一群羊在大雪中丢失,他骑马找了一夜都不见踪影,绝望了,决定放弃。但奇怪的事情发生了:在大雪中,他看见他的羊群在拼命往这边跑,后面有一只狼在追赶它们。是他救过的那只狼。一年过后,它已长大。狼的记性很好,在羊迷失方向后,它利用追赶的方式把它们赶了回来。

讲完故事,别克对弟弟说:"我知道你现在很纠结,也很迷茫,但你一定不能怀疑自己,要放心大胆地往前走,把你认定要做的事情做好。有一句谚语,可能对你有帮助,你一定要牢记:如果不知道要往哪里去,任何一条道路都会带领你到达。"

听了别克的话,弟弟还是有顾虑,他不相信狼会像人一样思考问题,会分得清人没有害过它们,它们就不会害人。

狼之情

即使他家的羊在草原上安然无恙,也不能证明狼恩怨分明,只报复伤害过它们的人。弟弟说:"这件事是个例外,但是不要把狼想成人,更不要幻想狼会像人一样想问题,有时候在草原上,人不伤害动物,动物也会伤害人。"

别克摇头。弟弟无奈,还是跟着别克进了草原。

到了草原上,他们遇到一位老牧民,一起聊起最近发生的事。老牧民说:"我的祖辈都在草原上游牧,好几代人都靠放牧和狩猎生活,所以,草原上的动物是人的依靠,甚至狼也不例外。以前很少发生狼吃羊的事情,狼群由一只狼王统领,除了自己的领地,不轻易去别处捕食。它们犹如保护神一般,让领地范围内的生命保持平衡。大草原的表面看似平静,但各种动物、各种植物之间相互关联,如果少了其中一类,草原生态就会失去平衡。比如,狼少了,黄羊就会突然增多,草场就会被黄羊践踏退化。"

别克听了很高兴,弟弟好像也懂了一些。放牧的时候,他们将羊群赶到水草丰茂的地方,让它们自由吃草。

天气很快暖和起来,正是母羊产崽的季节,每天都有母羊产下小羊,而此前不久,狼也刚刚结束产崽。别克想,狼被产后的事牵扯,无暇光顾草原。

一天,别克把一群羊赶到草原东边去放牧,他的弟弟则把另一群羊赶到了草原西边。他们家的羊很多,必须分开去放。晚上回来,弟弟说:"我在草原西边的山坡上发现了一

 狼 殇

个狼洞，大狼外出觅食了，里面只有几只狼崽。可能是因为刚出生不久，狼崽们连眼睛也睁不开，躺在洞穴里睡觉哩。"

别克问弟弟："你喜欢小狼崽吗？"

弟弟回答："喜欢。"

"那你的意思是……"

"如果可以，抱一两只小狼崽回来养，挺好玩的。"

"那怎么能行？大狼回来，发现自己的孩子不见了，不找你拼命才怪呢！"

"噢，那就算了。"

但过了一会儿，弟弟又不甘心了，劝别克说："狼经常吃羊，是羊的敌人，不如我们去悄悄把狼崽抓来，大狼回来，发现狼崽不见了，就会追过来，我们做好准备，把大狼引过来打死。"

别克很生气，教育弟弟说："你千万不要这样干！狼本来对人并无恶意，你要是动了它的狼崽，就会激起它的仇恨，它就会找你报仇，你和狼的关系从此就僵化了！"

别克的这番话让弟弟说不出什么，只好打消打狼的念头。

别克想：有太多人都像弟弟一样，不懂得去发现狼的好处，见了狼就想把它们打死，结果人和狼的关系越来越紧张，以至于结下仇恨，多少年都不能化解。

晚上，草原上传来一声狼嗥。

别克告诉弟弟："有一只出生不久的小狼崽死了，母狼

狼之情

叫几声后会把它吞噬掉。母狼不会把死去的小狼崽随便丢弃。小狼崽从母狼肚子里刚出生不久,母狼将它吃掉,似乎又让它回到了自己肚子里。"

弟弟还没有说话,他们的羊群因为狼叫骚动起来,羊似乎也感觉到母狼失去了幼子,便向狼发出声音的地方张望,一副悲伤的样子。

别克对弟弟说:"看到了吧,狼并非是羊的敌人,狼受难了,羊能感觉到,明显在同情狼。狼和羊之间的关系很复杂,不能简单地因为狼咬死了几只羊就下定论。"他见弟弟听得很认真,便给他讲了一个故事。

在一个牧场上,曾发生母狼喂养小羊的事情。有一位牧民在转场中不慎将一只小羊羔丢失。这只小羊羔被一群狼叼回领地,意欲吞吃,但一只母狼拦住了它们。它刚生下几只小狼,母爱让它对那只小羊产生了怜悯之心。它将小羊和小狼崽们一起喂养,有时候还会把自己的乳头塞到小羊嘴里。慢慢地,小羊和小狼崽们熟悉了,彼此像亲兄弟一样亲昵。所有狼都不再对这只羊起杀心,而是用充满喜悦的眼睛望着它和小狼崽们玩耍。时间长了,小羊熟悉了狼群中的生活,在狼对着天空嗥叫时,它也模仿它们发出叫声,但它的叫声并不像狼那样高亢,只是极其低缓的"咩咩"声。狼为它的叫声而怪叫,它则迅速跑到那只母狼身边。小羊没有想到,正是它模仿狼发出的叫声,在日后救了它的命。它长到三个

狼 殇

多月后,母狼将它领到距牧民不远的地方,扔下它转身跑走。它已经对母狼有了感情,亦有了依赖习惯,所以对着母狼的背影大声"咩咩"叫,但母狼并不回头,很快便在旷野里消失。

一年后,那只小羊已长成大羊。有一天,它被几只狼围住,马上就要被它们扑倒在地。它无法逃脱,便惊慌失措地叫了起来。它发出叫声时仍是狼对着天空嗥叫的样子,因为身处绝境,所以,它的声音比平时大了很多。很快,与它一起被母狼喂养过并已长大的几只狼冲到它面前,挡住了想要咬死它的那几只狼。双方怒目对视,不停地咆哮。那几只狼很愤怒,马上到嘴的一只羊却被这几只狼保护了起来,这不符合狼族的规则。对峙了一会儿,那几只狼的气焰被羊的保护者压了下去,愤怒地嗥叫着走了。

弟弟好像听明白了,又好像没有听明白。

第二天放牧时,弟弟赶着羊群绕过狼穴,到了离狼穴很远的地方,这样,狼穴中的小狼就可以不受干扰。这一年进入草原的人不多,而且这一带仅他们一家,所以,狼穴中的母狼和小狼都是安全的。

他们的羊产下的羊羔中,有部分因先天体弱而死,他们便悄悄将其送到狼穴旁边,让母狼及时吃掉,以便有足够的奶水哺乳小狼崽。几次之后,母狼知道了他们的善意,遇到他们家的羊便远远避开,从不侵扰它们。在黑夜,母狼向他们居住的地方发出几声嗥叫。别克对弟弟说:"狼在感谢咱

狼之情

们呢!"

弟弟将信将疑。

就这样,他们一家和狼在草原上相处了几个月。小狼已经长大,母狼便教它们学习捕捉猎物的技巧。狼的一生只需学习这样一种本事,其他方面仅凭血性就可以应付。

一天,弟弟赶着羊群出去,不经意间经过狼穴附近。几只小狼并未见过羊,也不知羊为何物,便将羊作为练习目标,尝试抓猎物。母狼去河边喝水归来,眼前的情景令它大为惊骇,想用嗥叫制止小狼,但为时已晚,小狼的狼性大发,将一只小羊扑倒在地,很快便咬死了小羊。

弟弟被吓坏了,赶紧赶着羊群回来,说:"狼会装,它们的表现都是假的!就在刚才,小狼咬死了我们家的一只小羊!"但别克并不为失去一只小羊而生气。

弟弟哭了。

别克对弟弟说:"没关系,小羊是被不懂事的小狼咬死的,母狼一定会教训并开导它们。你沉住气,千万不要干傻事,就当这件事没有发生。"

当晚,母狼在他家对面的山冈上嗥叫,声音里充满了愧疚和不安。别克对弟弟说:"你去跟狼说说,我们知道它的意思了,让它回去吧。"

弟弟不动。

别克只好走出帐篷,对着山冈喊:"狼啊,你回去吧!

狼 殇

小狼不懂事,我们不怪它们!"

对面山冈上的叫声停了,黑夜安静下来。

第二天早上,弟弟清点羊圈中的羊群时,发现羊群数量居然和原来一样多。他无比诧异:难道那只小羊并未被咬死,又回到了羊群中?

弟弟又将羊群仔细数了一遍,还是多了一只。为查出原因,弟弟又检查了每一只羊耳朵上的记号,一查之下,发现有一只小羊的耳朵上没有任何记号,而在它的尾巴上有一个陌生的记号。

可以断定,这只小羊不是他们家的,但为何在一夜之间进入了他家羊圈?

看着弟弟一头雾水,别克笑着说出了原因:"这只小羊一定是母狼在昨天夜里送过来的。它的小狼在不知情的情况下咬死了我们的小羊,母狼觉得对不起我们,便将别处牧民的一只小羊抓来补偿我们。"

弟弟听明白了,但仍然不信。

别克说:"狼不光懂得报恩,而且还会赎罪。"

很快,到了秋末转场的时候。别克和弟弟准备赶着羊群离开草原,回到冬窝子里去。上路的前一天晚上,他们的羊群受到狼的侵害,被咬死了三只。

弟弟阴沉了一个夏天的脸终于像决堤的大坝一样,淌满了眼泪。

第二天早上,别克对弟弟说:"我们赶着羊群回去,终于可以给人们一个说法了。"

弟弟问:"最近发生的所有事情都像扇了自己的嘴一样,你还要弄出什么说法?"

别克一脸凝重,把弟弟拉到被狼咬死的那三只羊跟前,掰开它们的嘴让弟弟看。弟弟看见羊的舌头是黑色的,牙齿上满是蛆虫。

别克问弟弟:"明白了吗?"

弟弟回答:"明白了。"

别克转过身望着草原说:"羊群中有羊得病,呼出的气息会被狼闻到,狼认为得病的羊容易征服,就会想办法把它们咬死吃掉。我们家的这三只羊得病了,一定会在转场中传染给羊群,但是狼已经帮助我们解决了麻烦。狼是草原的守护神,终于得到了验证。"

弟弟笑了。

整整一个夏天,这是弟弟第一次笑。

叛逃狼群

两群狼隔河而对,怒视着对方。

它们站立的位置,是各自的领地,而中间的那条河则为

狼 殇

河界，双方都不能轻易越过，否则就是侵犯对方。

狼族有严格的领地划分，狼群占据一块地方后，会通过驱赶鸟儿、向远处嗥叫、在显眼位置留下粪便或食物残渣、在石头或树上蹭下狼毛等方式，让别的狼知道此处已被其占领。狼群都很遵守领地规则，在保护自己领地的同时，从不涉入别的狼群的领地。每一个领地中的动物，都只能由该狼群捕获，别的狼群即使饿死，也不能进去。有一狼群追逐一头鹿，眼看就要得逞，但那鹿跳过一块石头，逃进了一片树林中。那块石头是另一狼群的领地标志，这一狼群不能进去。还没等那头鹿喘口气，另一狼群突然从树林里蹿出，嗥叫着向它扑了过来。那头鹿没来得及做出任何反抗，很快就被狼群咬死。狼群将它追逐到了另一狼群的领地，它在劫难逃，最终仍会被狼吞噬。

现在，这两群狼的对峙，与一只狼有关。

对岸狼群中的一只狼不知何故，突然离开狼群独自走了。狼群中很少出现这样的事，因为狼群不容许任何一只狼弃狼群而去。狼群的集体意识和保护意识都很强，在平时，如果某一只狼受伤，其他的狼一定会为它捕食，喂养它恢复身体；如果某一只狼落入猎人的陷阱，或被牧羊犬围攻，其他的狼一定会集体出去救它。它们之所以那样做，是为了使狼群不受任何损失，保持旺盛的繁殖能力，维护狼群的尊严。

但也会出现狼离开狼群的事情，原因大概有两种：其一，

狼之情

离去的狼在狼群中受到了屈辱,便背叛狼群逃走;其二,离去的狼已老迈得接近死亡,便离开狼群找到一个隐蔽的地方,像所有在最后坦然接受死亡的老狼一样,让自己安安静静死去。但这两种情况在离去的这只狼身上都不存在,它既未受到屈辱,也并不年迈,却为何突然离开了呢?

狼群派出几只狼出去打探消息。

那几只狼走了,当它们打探到那只狼的消息,狼群就会集体出动,把它撕得粉身碎骨。狼群不愿干这样的事,但又必须如此。

很快,那几只狼带回确切的消息:那只狼投靠了河对面的另一群狼。

它长大的狼群在这里,却投靠了另一群狼,这就是叛变,也是耻辱。这时候,狼群已不再为它离去的原因疑惑,而是要把它置于死地。以前在一个狼群中曾出过这样的事,一只狼叛离狼群去了另一狼群,一天,它趴在一个村庄外的石头后等待机会叼鸡,突然觉得有什么碰到了自己身上,回头一看,是它叛离的狼群中的四只狼,它们的爪子按在了自己的身上,张开的嘴里露出了尖利的牙。狼只要张开嘴,就是要向目标进攻了。它嗥叫一声意欲逃走,但那四只狼将它死死扑倒在地,咬断它的喉咙,它很快便咽了气。叛离狼群的结果就是死亡,狼群哪怕追寻再久,都不会放过叛离者。

但现在,一个难题摆在了这群狼的面前:如何抓到那

狼 殇

只叛逃的狼？它已投靠另一狼群，变成了它们中的一员，用什么办法才能让它们把它交出呢？思前想后，它们觉得很为难——如果把它弄回来，就必须进入河对面的狼群领地，那样的话，必然引发冲突，其结果不堪设想，但如果不把它弄回来，这样的耻辱无法忍受，也会被别的狼笑话。

最后，它们决定去找那群狼，想办法把那只狼要回来。

它们嗥叫着冲出树林，越过一片草滩，很快便到了河边。领地意识让它们不敢贸然向前，及时停了下来。河对岸的树林与它们所在的树林别无二致，但这条河像竖立的一道高墙，其威严和不可侵犯之气势，让它们变得谨慎，它们仔细观看着树林里的动静。

少顷，它们嗥叫起来。

对面树林里的狼群马上有了反应，并且快速向山下跑来，将树木碰撞得一阵晃动，出了树林，来到了河边，与对岸的狼群怒目对峙。

那只叛逃的狼就在这一狼群中间，看见河对岸的狼群，它知道是为追逐自己而来，便惊恐地叫了一声，将身子往狼群中躲去。

双方都明白，在这种情况下仍要坚守领地规则，不能轻易将其打破，否则，自己就会变成草原上的罪狼，以后会被耻辱的巨大阴影笼罩，不论走到哪里都抬不起头。曾经有一只狼误入别的狼群领地，虽因及时退出未受到那群狼的惩罚，但它从此被所有的狼瞧不起，走路低着头，将尾巴紧紧夹于两条后腿之间。狼将尾巴夹于双腿之间是表示甘于服众。那只狼之所以如此，一则表示赎罪，二则想以此态度换得狼群的同情，不要置它于死地。但时间长了，它还是被巨大的精神压力压垮，在一个月圆之夜，一头撞死在一块石头上。

这样的事无外乎说明：狼群将领地看得比自己的生命还重要。

两群狼隔河而对，嗥叫声越来越高。河并不宽，水也不深，它们都可以一跃而过，但都不轻易迈出这一步，只是用嗥叫向对方传递着信息。

慢慢地，它们的叫声小了下来。气氛变得紧张起来，双方开始僵持。

经过一番周旋，追逐而来的狼群强调：我们是为叛逃狼群的一只狼而来的，它就在你们中间，希望你们把它交出，由我们带回处置。

对面的狼群对这样的要求予以回绝，认为那只狼既然已经投靠了它们，那么它就是它们中的一员，它们有义务保护它，不会把它交出。

对峙了一会儿，两群狼决定各派出一只狼决斗，得出结果后，输了的一方必须服从胜方意见，并从此不再向对方提任何要求。

两群狼都安静了下来，共同认可将河中央的一块沙地作

狼 殇

为决斗场,这样,两群狼都可以不侵犯对方的领地。

两群狼开始选狼。

这将是一场极为残酷的决斗,派出的狼必须身体强壮,反应灵敏,并且要明白,自己去维护的是狼群的荣誉和尊严,无论如何都要把对方派出的狼咬倒。

很快,追逐而来的狼群选出了一只高大的狼,它骨骼粗壮,四腿稳健有力,比别的狼明显高出一头。

对面的狼群也选出了一只狼,它的眼神像刀子一样锐利,走出狼群时大声嗥叫,让追逐而来的狼群为之一颤,惊恐地向它张望。它比所有的狼都威武,而且身上多有伤痕,那是它屡次为狼群决斗留下的伤痕,狼群今天将它派出来,抱着必胜的信心。

两只狼走到河中央的沙地上,突然盯着对方不动了。进攻之前先看清对方,狼攻击人和动物时是这样,攻击同类时也不例外。它们杀气十足地盯着对方,似乎对方不是狼,而是必须征服的另一种动物,或者自己已不是狼,而是要致狼丧命的死敌。狼性需要被激发,一旦被激发后,一只狼就似乎变成了好几只狼,扑向目标时将更加凶残。所以,狼在很多时候是为残忍活着的,没有任何一只狼的残忍会受到压制。为此,狼往往会把自己推向绝境,做出凛冽决绝之事,甚至不惜搭上性命。

两只决斗的狼很快便被激发出了狼性。

狼之情

两边狼群中的头狼各自跃上一块石头,同时叫了一声。两只决斗的狼听到号令,大声叫着向对方扑去。它们用力太猛,爪子把沙土抠得飘飞了起来。

接下来,它们用爪子猛击对方,或腾空而下猛咬对方。两只狼扑向对方时,都想一口致其丧命,所以在一跃而起还没有落地时,就开始了"空中作战"。它们将嘴伸向对方的脖子,意欲一口将其喉咙咬断。

这是残酷的撕咬。

不一会儿,两只狼浑身鲜血淋淋,身上的毛落了一地。它们已经到了你死我活的地步,它们的杀气不亚于两军对垒中杀红眼的士兵,而使它们不顾死活做这些的,是狼群的荣誉和尊严。事情到了这一步,它们就是死,也要为狼群着想,所以,它们扑向对方时奋不顾身,撕咬对方时也毫不留情。当然,它们也被对方咬得血流如注,东倒西歪,但它们不能顾及伤口,必须集中精力保持战斗,否则就会被对方咬死。

两个多小时后,两只狼同时倒了下去。

最后的一刻颇为惊险,两只狼都抓瞎了对方的双目,并狠狠咬到了对方。它们用尽最后的力气奋力一搏,把对方身上的一块肉撕了下来。

两声惨叫之后,它们趴在地上再也起不来了。

两群狼都乱叫起来,这样的结果让它们无法平静,想扑过去把场上对方的那只狼咬死,但两只头狼制止了它们。两

狼 殇

只头狼的尾巴高扬着,懊丧与愤怒溢于言表。不一会儿,狼群不再发出乱叫,那两只狼均因流血过多而死亡。它们躺在那儿,像是经过了艰难的长途跋涉,在终于到达目的地后,倒头酣然入睡。

它们用死亡完成了使命。

但它们的死亡并未让事情终结,两群狼还得继续派出狼决斗,一次不行,便再来一次,直至得出最终的结果。

很快,第二场决斗即将开始。

追逐而来的狼群派出一只黑狼,河对岸的狼群派出一只灰狼。它们从各自所在的狼群中冲出,一跃跳到河中央的沙地上,将前两只狼的尸体拱入河中,腾出了战场。那两只狼的尸体顺河水漂流而下,像两片树叶,倏忽间便不见了。它们刚才还像两把出鞘的剑,两团燃烧的火,而此刻一切都已消失。

两只即将开始一场生死决斗的狼冷静地怒视着对方,并不像前两只狼那样大声嗥叫。它们一边观察着对方,一边等候头狼发出号令。它们的爪子死死抠进沙土,四条腿像长进了土中。

头狼发出了号令。

两只狼身影一闪,便扑到了一起。它们发出急促的粗喘声,前爪不停地扑击,嘴死死咬着对方。与前两只狼不同的是,从一开始,这两只狼就咬着对方没有松口,它们撕扯对方身上的肉时，自己身上像火烧，也一阵阵地疼痛。

这样的决斗是更残酷的，它们紧贴在一起，以致河两边的两群狼都分不清它们到底是哪一只，更不知道是哪一只占了上风。它们像一团影子，在沙地上闪来闪去，都不松口。

渐渐地，灰狼占了上风，黑狼已无力向它发起进攻，只能勉强招架。灰狼怎能放过黑狼呢？它死死咬住黑狼用力一甩，生生扯下一块肉。黑狼发出一声惨叫，像气球一样被甩出，一头栽倒在地。

灰狼立刻扑上去，用两只前爪按住黑狼，并快速在它脸上撕咬，意欲将它的眼睛咬瞎，或将它的喉咙咬断。只有那样，黑狼才会彻底丧失反抗能力，灰狼才可以取得最后的胜利。其实，灰狼身上也有多处被黑狼撕咬出来的伤口，并流着血，但它并不顾及疼痛，它的双目中像在喷火，要把黑狼像干柴一样烧掉。

黑狼无力挣扎，四肢软软地摊开，已丧失了全部力量。灰狼发起又一轮激烈的撕咬，黑狼只是那样挨着。事实上，只要被派出来决斗，就难免落得这样的下场。

终于，黑狼趴在地上起不来了。灰狼扯断它的喉咙，它的脖子上立刻出现了一个口子，不但往外流着血，而且发出"呜呜"的低鸣声，似乎它的胸膛里藏着风，此时正在往外冒。灰狼慢慢走到它身边，俯下身去舔它脸上的血，用两只前爪推它，发现它已不能再动，才转身返回狼群。

狼 殇

狼群向灰狼迎上去，发出欢快的嗥叫。

一场决斗结束了。按照规定，追逐那只狼而来的狼群必须放弃要求，回到它们的领地，并从此不再为这件事挑起事端。那群狼都垂头丧气，甚至有些不服输，但狼族中的规定让它们不敢有任何造次，便悄无声息地返回了。

而在灰狼所在的狼群中，这时出现了温情的一幕：灰狼走到叛逃而来的那只狼面前，低下头与它对视，双目中充满了柔情。少顷，那只狼趴在灰狼身边，用舌头开始舔灰狼的伤口。

狼群安静下来，望着它们。

这极具柔情蜜意的一刻，让刚才的残酷撕咬消失得无影无踪。残酷只能让心灵震撼，并留下阴影，而友善会让心灵感受到温暖和幸福。叛逃而来的那只狼目睹两场惊心动魄的撕咬时，身上的毛一直紧张地竖立着。它知道这场血腥撕咬以及三只狼的死是因自己而起，有几分难过，所以，它要给为了自己而受伤的灰狼舔伤口。狼的唾液有消毒作用，它将伤口舔过后，灰狼就会好得快一些。

它舔得很仔细，灰狼伤口上的血被它舔得干干净净。

灰狼摇摇晃晃地跟随狼群向树林里走去，那只叛逃的狼跟在灰狼身边，一副随时要向灰狼报恩的样子。

后来，一位经验丰富的牧民猜测："灰狼多半是那只狼的母亲。那只狼之所以从河对岸的那群狼中逃离，是因为生

狼之情

它的母狼在这群狼中,它想回到母亲身边。灰狼为它去拼死撕咬,并且能取得胜利,正是被巨大的母爱所支撑。"

几年后发生的一件事,是对这个猜测做了极好的证明。那只叛逃的狼被猎人一枪击中,它挣扎着跑回狼群,直至躺在那只灰狼身边,才安心地闭上了眼睛。

灰狼痛嗥,声音在黑夜的树林里久久回荡。

无声的跟随

云朵在天上,羊在牧场上,人在毡房里。这是放牧时光。

这天,大家无事可干,便说起一件和狼有关的事情。有一年夏季,男人们都赶着羊去放牧。羊吃着草越走越远,人亦跟在羊后面,身影变得越来越模糊。这时候,留在家里的都是女人。男人们走了,她们就变成家里的男人。女人们忙着里里外外的事情,从来都不能闲下来。

有一户牧民住在村庄对面的小山包上,他们家的房子很孤独,人也很孤独,每天在屋顶升起的炊烟更孤独。起初,村里人在闲暇之余,会望一望他们家的房子。后来,村里人便不再望了,觉得望一望这家的房子,他们也会变得孤独起来。他们怕孤独,便不再望这家的房子。

这家的男人外出了。女主人要干点儿什么事情,总要从

狼 殇

小山包上下来,办完了事情,又从原路走上小山包,回到她孤独的家中。

不知从什么时候开始,一只狼接近了她。

她走在路上,那只狼远远地跟在她身后,用爪子踩着她的脚印。

她下山,狼跟着她下山。

她上山,狼跟着她上山。

很多天过去了,她都没有发现身后有一只狼,而那只狼似乎只对她的脚印感兴趣,用爪子踩着她的脚印,在山路上走动。有时候,她在半路上停下干点儿什么,或者有要回头的意思,那只狼就会马上躲开。

整整一个夏天,她都不知道自己身后有一只狼。

那只狼一直悄悄跟在她身后,重复做着那件事。她总是很忙碌,对身后的一只狼丝毫没有察觉。那只狼像她的影子,她到哪里,它便到哪里。那只狼从来都不伤害她,只是悄悄跟在她身后。

在夏末的一天,这一幕被一个女人看见了。她十分吃惊,一个女人居然和一只狼一前一后地走着。她向村里的女人们讲了这件事。女人们躲在村里,等待着看那个女人和那只狼出现。她们等了半天,那个女人终于下山了,身后果然跟着一只狼。她们睁大了眼睛,看着山路上的这一幕。

后来,女人上山,进了屋,那只狼不见了。小山包上安安静静，像是什么也没有发生。女人们很惊讶，狼会吃人，人是怕狼的，但为什么这个女人和一只狼如此默契？

女人进了屋，那只狼不见了。

"狼到哪里去了？是不是到她家去了？"

她们议论纷纷。最后，她们一致认为：那个女人和那只狼有性关系，她和它走在一起，吃在一起，睡在一起，她变成了狼的老婆。

她们偶尔会在村里碰到那个女人，但她们都守口如瓶，只在私下里议论。这件事一传十，十传百，人们便都信以为真：一个女人和一只狼，每天在小山包上出现。人们都在偷偷地看，但人们只是看，从不对那个女人说什么，所以，那个女人一直不知道自己身后有一只狼，更不知道村里人都已经知道了这件事。

秋末，男人们赶着羊群回来了。女人们把这件事悄悄讲给了那个女人的丈夫。那个女人的丈夫躲在村庄里，等待着妻子在山坡上出现。过了一会儿，女人出现了，那只狼也出现了，一切都和人们说的一模一样。

他羞愧难当，抓起一支猎枪，向那只狼扣动了扳机。

狼毫无防备，被打个正着，一头栽倒在地。

那个女人亦毫无防备，被突然响起的枪声吓坏了，等她回过神，看见身后有一只狼，突然身子一软，倒了下去。

一吓一惊，她溘然而亡。

狼 殇

没有什么能证明她了。

男人从此都看紧了自己的女人，防牲畜比防那些喜欢寻花问柳的男人还谨慎。人们只要一提起那个女人，就说她不要脸。她的丈夫没脸见人，赶着羊去了很远的地方，再也没有回来。在牧区，牧民们最痛恨的是狼，但在这件事情上，人们没有指责那只狼，反而指责那个女人。

后来，狼踩女人脚印的事情又发生了。看见那一幕的人手头没有猎枪，便喊了一声，狼听到声响就跑了，被狼跟踪的女人从山坡上跑下来，惊恐万状，许久不能平静。同一件事情在村庄附近重复发生，就不奇怪了。人们很后悔，觉得不应该议论那个女人和狼有性关系，他们冤枉了她，但她已经死了，事情无法再挽回。

狼为什么总是要跟在女人的身后呢？

谁也无法解释这一切。

很多年后，那个女人的丈夫回来了。他老了，那个女人经历过的事也老了，没有人再提及。他开始怀念妻子，总是在想她年轻时的样子，活着时的样子，想着想着，便觉得她还活着，时时刻刻都在他身边，在对他说话，也在对他笑。

他后悔在别的地方待了很多年，她一直在这里等着他，他应该早一点儿回来。

一天，他在屋内昏睡，突然听见有人叩门。他一人居于此很久了，很少有人来找他，所以叩门声让他觉得奇怪。他起身打开门，只看见一团影子在门外一闪，便不见了。

第二天，这件事传遍了村庄。

人们说，那一定是狼，狼又出现了。

他说，是我老婆，她没有死，一直活着哩。

莲花状的白云

那一年，天上经常飘着像莲花状的白云。

一只白狼从扎达土林中走出来，径直向马路走来，像是天上的那朵云落到了地上。

土林是阿里最美的地方，风把连绵的山丘吹了很多年，吹出了树林形状，于是就有了土林这个名字。

马路上的人，皆为看土林而来。

那只白狼并不惧怕，高扬着头，离马路越来越近。

待它走近，人们才看清它是一只白狼，在阳光下闪闪发光。

人们并不为它美丽的外表所迷惑，而是警觉地防范着它。

它犹豫片刻，仍走了过来。人们捡起地上的石头，等它接近后打它。它慢慢走近后，人们才发现它嘴里叼着一个布袋，里面有三只小狼崽。那三只小狼崽可能刚出生不久，仅有拳头般大小，连眼睛也是闭着的。不知它从哪里找到了一个布袋，将三只小狼崽装入其中，然后叼着布袋上路了。

狼 殇

它离人越来越近,眼中透出不可侵犯的光芒。人们喊叫着扑向它,手中的石头也砸了过去。它躲闪着石头,嘴里的布袋掉了,三只小狼崽像皮球一样在地上滚动。

有人喊了一句:"大狼小狼都是狼,打!"人们向小狼围了过去。

它惊恐地发出一声嗥叫,扑过去,用嘴将三只小狼收拢在一起,然后趴下身子护住了它们。人们都很吃惊,这只白狼任由人怎样打击,也要护住腹下的小狼。人们被它的母爱感动,纷纷扔下手中的石头,转身走了。

白狼看人们走远,将三只小狼崽重新装入布袋,叼起返回土林。走到土林入口处,它将布袋放在一块石头上,回头朝人们叫了一声。随后,它又将布袋叼起,进了土林。

人们觉得不应该打小狼,它们那么小,真的很可怜。有人担心白狼会来报复,因为他们阻止了它的去路,还差点儿要伤害它的三只小狼。也有人认为,他们没有打那只白狼和那三只小狼,白狼一定心存感激,不会来报复他们。

第二天,白狼又出现了。

阳光很好,它身上的白色显得更加洁净。它似乎并不惧怕人,离人越来越近,一副很坦然的样子。

这是一只奇怪的狼。

它为何有这么大的胆子,前一天刚刚遇到过危险,仅仅过了一夜,似乎已全部忘记,居然又向人走来?

狼之情

老话说得好，狼敢走近人，一定有恶行。人们断定它一定会进攻人。但人们又有些不解，狼只有一只，人却有十几个，它将如何扑向人呢？

疑惑归疑惑，人们还是警觉地盯着它，唯恐一不小心被它突然袭击。而它似乎对这些人视而不见，一直将头扬得很高，迈着稳健的四只爪子走到了马路边。人们以为它要停住了，它却继续向人们走来。它越来越近，气氛变得紧张起来。有人打算朝它喊叫一声，意欲把它吓走，但还没开口，它却停住，望着人和车辆，眸子里闪着复杂的神情。

它想干什么呢？

人和狼之间，隔着无法破解的秘密，谁也猜测不出。

马路另一边有一群马，其中一匹朝它叫了几声，它也回应了一声，声音急躁而又不安。人们想，如果它要冲向马群，必须把它拦住，否则马群就会有危险。虽然马比狼高大数倍，四蹄是防备侵袭的有力武器，但狼会避开马的优势，采取巧妙的攻击办法，譬如接近马身，一口咬掉马的睾丸，马过不了多长时间便会轰然倒地。现在，它在众目睽睽下，会如何向马发起攻击呢？

但它嗥叫几声后，突然转身跑了。

它的速度很快，顺着来路跑进土林谷口，身影一闪便消失了。一只狼莫名其妙地出现，又莫名其妙地离去，谁也不知道它为何如此反常？

狼　殇

这时，一位牧民骑马奔驰而来。他对人们说："刚才太危险了，你们居然都不知道！"

人们惊异，忙问他："出了什么事？"

那人说："刚才有一群狼从山坡上下来，利用平滩中的沟渠慢慢爬过来，都快接近你们的马了，但一只白狼从土林中出来，朝着那群狼叫了几声，那群狼停了下来，过了一会儿就转身走了。当时，你们的注意力都在白狼身上，不知道有一群狼已经接近了你们的马。你们离马那么远，如果狼扑上去，至少会咬死一两匹。这件事太奇怪了！那群狼看见那只白狼，就转身走了。为什么会这样？真是奇怪！"

人们向土林方向张望，早已没有白狼的影子。

几天后，那只白狼再次从土林中出来，走到了马路上。

马路上有马，它走过去，卧在马的身边。

一位牧民赶着羊经过，看见一只白狼卧在马旁边，吓得叫了起来："白狼……白狼……狼里面最厉害的东西！马上当了，要被狼吃了！"

他边叫边赶着羊往回走，但他的羊一改以往老实听话的样子，不管他怎样喊叫，仍然乱跑不停。

牧民绝望地叫着："完了，完了！傻羊啊，你们傻死了！一只白狼就卧在不远的地方，你们就这样乱跑，不是往它的嘴里送吗？"

他正骂着，那只白狼站了起来，一边叫着，一边走近羊。

它的叫声犹如某种命令，羊都停下来，望着白狼。

白狼从羊的身边走过，羊像是迎送君王一样，用眼睛凝视着它，直至它进入土林。

"白狼不吃羊！羊很尊重狼！"牧民惊呼，似乎发现了一个天大的秘密。

从此，那只白狼每天都从土林里出来，到荒滩上走走，并不时地发出长嗥。那群马听到它的声音，便纷纷与它对鸣，山谷中响起一片热闹的鸣叫声。

那位牧民感叹说："狼和马变成朋友了，以后要是和我的羊也变成朋友多好，就再也不用防狼了！"

有一天，有人在土林里看见了那只白狼，它抓了一只兔子，快速将身影闪进了土林深处。那人想窥探出它的藏身之所，但树林密布，沟谷交错，不见它的任何踪迹。

它是一只白狼，加之它不吃羊，人们便觉得它是一只神物。

后来，一位在土林一带生活了六十多年的藏族老人告诉了人们真相：这只白狼前不久生的三只狼崽长大后一定也是白狼，而白狼在狼群中地位高贵，会成为狼王或头狼，所以，你们没有打三只小狼崽的举动感动了白狼，它在报答你们。人们说：我们不会伤害它的，如果谁敢打那只白狼，我们就打他；谁让那只白狼流血，我们就让他流血。

几天后，下起一场大雪，天空中飘落着密集的雪花，大地很快被覆盖成一片银白色。土林变得更漂亮了，看上去犹如有无数棵树伫立在高原上。

第三天夜里，从土林内传来一阵叫声。人们被惊醒，心想是那只白狼在叫，在如此寒冷的夜晚，它将如何熬下去？那三只刚出生不久的小狼崽会更加难熬。

后半夜，土林内传出激烈的叫声。

人们为那只白狼担心，它发出这种声音，说明已被冻得不行了，只能靠这种嗥叫挨着时间。

慢慢地，它的叫声由激烈变得微弱，最后便没有了声响。

第二天，雪停了，人们去寻找那只白狼和它的小狼崽。

土林落雪后，虽然看上去很美，但土林中的路很难走，每走一步都很费力。往里面延伸，路渐渐变得逼仄狭窄，有的地方只能通过一人。

人们寻遍土林里的所有地方，也不见白狼的影子，不知白狼去了哪里。

天上一直飘着莲花状的白云。

山坡上下

"可以出门了。"叶赛尔拉着孙子的手，对妻子说。

"走吧。"妻子说完，把一束猫头鹰羽毛插在孙子头上，把孙子抱上马背。

狼之情

叶赛尔牵着马出了院子。孙子头上插着一束猫头鹰羽毛,这是哈萨克族儿童举行上马礼的鲜明标志。今天是叶赛尔和妻子为孙子精心挑选的好日子,将由叶赛尔牵着马去拜访亲友。叶赛尔已通知亲友们,按照常规,他牵着马到达后,亲友们会热情地向他的孙子撒酸奶酪,送马鞍子和马鞭子,并把他的孙子抱上配好马鞍子的马背。有一句老话说,借马容易,借鞍难。所以,哈萨克族很重视儿童的上马礼,期待通过亲友赠送马具的方式,让孩子们得到祝福,顺利长大成人。

一路上,孙子骑在马上,高兴地笑着。但叶赛尔没有笑,脸色一直不好看。他今天早上得知,前几天通知过的亲友都去打狼了,一个也没有回来。他很生气,心想:你们都去打狼,我孙子的上马礼怎么办?前几天,我就骑马翻过三座山、蹚过两条河通知了你们,但一有狼的消息,你们的心就被吸引过去了,难道打狼比我孙子的上马礼还重要?这样想着,他的脚步便慢了下来,想牵马回去,但看见孙子骑在马上笑着,便又往前走去。

翻过一座山,叶赛尔发现,仅仅几天时间,这里的草就长出很高一截,将地面覆盖成一片绿色。他勒住马放眼望去,整个山野已经被绿色渲染,显示出了勃勃生机。他想,这样好的时机,这样好的地方,牛羊都忙着去吃草,狼出来也不足为奇,狼也是山里的一分子,需要走动,需要捕食。

叶赛尔之所以不笑,是有苦衷的。去年开春,狼突然多

狼 殇

了起来,他和村里人去打狼,打了好几天,虽然把狼挡在了牧场外围,但没有打死一只狼。一天,叶赛尔发现了一个狼洞,里面有五只小狼崽,但母狼不在。打死小狼崽易如反掌,他却没有动手,想先把母狼打死。但母狼是大狼,打死它并非易事。于是,他想到了投毒。他把毒药放在肉中,毒死了母狼,然后把五只小狼崽也打死了。这件事引起了村里人的指责:"毒死母狼,打死五只小狼崽,你为什么干这样的事呢?"

叶赛尔后悔了,但母狼已经被毒死,五只小狼崽也已经被打死,他没有办法改变这一事实。

有人议论说,狼邪气,叶赛尔杀死了六只狼,会遭报应的。

叶赛尔听到这样的议论,心里一直很恐惧。

这一年,叶赛尔很痛苦,每晚的梦中都有一只狼跑来跑去,有时候是他追狼,有时候是狼追他,情形极为恐怖。他每晚都被一只狼折磨一番,梦才会戛然而止。他很奇怪:他杀死了一大五小六只狼,如果狼邪气,梦中应该是六只狼才对,为何只有一只狼呢?他没办法逃避梦,因为天黑后就得睡觉,睡觉就得做梦,而梦像失去理智的疯子,要疯狂地把他拉入光怪陆离的场景中,他无法逃脱,更无法与之抗衡,只能经历一场又一场痛苦的煎熬。

后来,叶赛尔想,因为他下了毒,老天爷在惩罚他。虽然村里人反对投毒,但他认为投毒无可厚非:狼那么猖狂,不收拾狼,狼离人越来越近,到最后挨收拾的就是人。再说

狼之情

了，狼已经咬死了那么多羊，打死几只狼就算是它们偿命了，没有什么不妥的。他当初投毒时是这样想的，后来也经常这样想。再后来，随着心里与日俱增的愧疚感，再加上噩梦折磨得他死去活来，他就不这样想了。

接连被噩梦折磨，叶赛尔的疑惑慢慢消失，开始理智考虑这件事了。他想，假如自己没有下毒，就不会做噩梦；假如那六只狼没有被毒死，现在自由自在地活着，该多好！

至此，叶赛尔才发现，他原本不想打狼，那天是一时冲动，对狼投了毒。

打狼会让人的心不安。

"以后，我再也不会打狼了！"叶赛尔想。

当叶赛尔想到狼窝中除了那只母狼和五只小狼崽外，应该还有一只公狼时，才恍然大悟，一定是那只公狼要来报复自己，接连重复做的这个梦就是暗示。他浑身颤抖，觉得那个梦并非噩梦，马上要变成事实。打死那五只小狼崽时，他想起猎人说过掏狼崽不能一锅揣，必须留一只小狼崽拖住大狼，让它无法分身来追掏狼崽的人。当时，他曾犹豫了一下，想留一只小狼崽在狼窝中，但他又觉得把五只小狼崽全部打死才解气，并且有利于威慑狼，所以便用石头砸碎了那五只小狼崽的脑袋。但他忽略了公狼。公狼外出觅食回来，满目所见皆为惨状，仇恨便如洪水一般在内心奔涌，肯定会一路跟踪而来，找他报仇。

狼 殇

这样一想,叶赛尔犹如掉入了冰窟窿中,浑身一阵阵寒冷。

叶赛尔又开始做噩梦。

叶赛尔接连做噩梦的消息像风一样传开,不少人很快知道了这件事。

有人说:"叶赛尔老了。人老了,胆子就小了,胆子小了,就怕事了,人一怕事,便什么事都来了。"

"人老了就应该胆子小,不然会出事的。"

"其实不是胆子小的问题,是叶赛尔到了信服一些事情的年龄了。"

"信服什么事情呢?"

"老年人不是说,每个动物都有它的守护神吗?人年轻的时候火气旺,连动物的守护神也怕人哩,所以,年轻人打猎的多,也容易打到猎物。"

"你的意思是,人老了,火气就弱了,动物的守护神就不怕人了,所以,年龄大的人不应该去打猎。"

"对。"

"你这个说法是从哪儿来的,好像没有人这样说过。"

"没有人说过没关系,你只要相信就可以了。"

"这是迷信吧?"

"这不是迷信,是一种告诫,目的是让我们懂得尊重生命,哪怕它是一只小动物。"

"是这样啊,我好像懂了。"

狼之情

"你活到叶赛尔那个年龄，就全懂了。"

每个动物都有守护神！叶赛尔又被这一说法弄懵了，他觉得自己陷入了一个怪圈，死于自己之手的六只狼变成了各种说法，让他坐卧不安。他怕狼，这一年很少去牧场放牧，慢慢与村里人生疏起来。

叶赛尔变得很孤独。

但叶赛尔没有想到，就连他的亲友也好像在故意躲他，明明前几天已经接到他要给孙子办上马礼的通知，却一个个都去打狼，让他不知如何是好。

中午，叶赛尔到了卡哈尔家。卡哈尔和叶赛尔一起长大，一起娶媳妇，一起当爸爸，后来又一起当爷爷。卡哈尔曾对叶赛尔说，这一辈子，我是你的影子，你是我的影子，谁也离不开谁。但影子毕竟是影子，不是心，卡哈尔也去打狼了，只有他的小女儿古丽在家。叶赛尔想，既然自己已经来了，不管卡哈尔怎样对待自己，自己也要把上马礼的程序进行下去，哪怕下午空手回去，也心里踏实。

他牵着马在卡哈尔家栅栏外走了一圈，意思是告诉卡哈尔家人，他带着孙子来了。

古丽在县中学当老师，放假了，便回父亲家住一段时间。叶赛尔已经把意思表明了，接下来就看古丽如何处置了。他希望古丽去找卡哈尔，让卡哈尔回家处理上马礼这件事。他想，只有这样，卡哈尔才不是我叶赛尔的影子，而是我的心。

狼 殇

但古丽不明白叶赛尔的意思。她对叶赛尔说："爸爸去打狼了，打不到狼不会回来，您是等他呢，还是先回去？"

叶赛尔生气了，决定等。他在赌气，他要等。

等了一上午，门外传来嘈杂声，卡哈尔回来了。看见叶赛尔的孙子，卡哈尔明白了叶赛尔的来意，苦笑一声，对叶赛尔说："我的老朋友，对不起了，我的马鞍子没有了，没办法送你了。"

叶赛尔问："为什么？你的马鞍子为什么没有了？"

卡哈尔说："因为狼。"

原来，卡哈尔和村里人昨天出去打狼，把一只狼堵在了悬崖边。狼没有退路，便对着他们嗥叫，时刻准备着扑向他们。他们手握斧子，狼若扑过来，便砍它。

卡哈尔盯着狼的眼睛。它的眼睛真吓人啊，里面有刺人的光芒。卡哈尔一阵颤抖，觉得所有人都不是这只狼的对手，因为它身上的煞气足以压倒一切，但它被堵在了悬崖边，已无任何活路，倒也不用怕它。为了把它堵到悬崖边，人们费了很大周折，在满山遍野大声喊叫，唯独将悬崖留为一条路，利诱它上了悬崖。它在悬崖边向下一望，痛苦地嗥叫一声，愤怒地瞪着围上来的人们。人太多，它无法冲出去，便与人们对峙着。

狼大张着嘴，不停地嗥叫，似乎声音是刀子，可以把人们杀死。

狼之情

所有人都感觉到了冷。

它的獠牙白晃晃的，颇为吓人，谁也不敢上前，但它叫归叫，终究不能逃出困境。时间长了，人们便不怕它了，每个人仍紧握斧子，随时准备进攻。人与狼对峙，比的是耐心，耐心不足者会先进攻，那样就会让对方得到机会，盯准致命处一击，让对方丧命。

人的耐心不如狼。很快，人们开始进攻了，他们挥舞着斧子，向狼逼了过去。

狼大叫一声，人们便不敢向前了。气氛紧张起来，人们如果再向前，必然会有人被狼咬死，谁会愿意那样呢？但没有人愿意放弃，他们互相依靠，又向前逼近。狼再次嗥叫一声，向人们扑了过来。人们被吓坏了，乱成了一团。

卡哈尔的马受到惊吓，在山冈上大叫着蹦跳起来。卡哈尔怕马掉下悬崖，意欲抓住它，但它已经快接近悬崖边，看它的架势，很有可能一头栽下悬崖。卡哈尔离它很远，无论如何都无法抓住它，他的嘴张成了圆形。这时候，出现了令所有人叹为观止的一幕：狼嗥叫一声，马像是听到命令似的站住不动了。

马为何会听从狼的叫声，突然站住不动？

谁也不知道。

山冈上出现了难耐的寂静，只有风在"呜呜"刮着。

马转过身，回到了卡哈尔身边。它被吓坏了，在卡哈尔

狼 殇

身边才安静下来。

人们看着狼，不知如何是好。他们是来打狼的，置狼于死地本无可厚非，但它让马在危险中停下的一声嗥叫，进入了人们的心，让人们感觉到了温暖，觉得狼不再可怕，变得亲切了起来。

人们互相对望，很快，眼睛里有了一致的神情。

人们决定放走狼。

但这时又出现了出人意料的一幕：那只狼大声嗥叫着，快速奔跑起来，一头撞向了崖壁。它奔跑得很快，用的力气很大，脑袋"噗"的一声被撞碎，身子便倒了下去。人们都惊呆了，狼自己选择了死亡，把自己撞死了！人们围过去细看，狼的脑袋撞碎了，被鲜血浸着，身体软软地瘫在地上，刚才还在它身体里咆哮的野性，此时已不见了影子。

人们很懊悔，本来想放了它，未及退下山冈，却让它以为自己已无生还之路，撞死了。

人们觉得是他们害死了狼。

人们决定将狼埋葬。卡哈尔提出："它救了我的马，我把我的马鞍子奉献出来，把它放在马鞍子里埋了吧。"

由此，悬崖边多了一个坟堆。人们看了几眼，便下山了。

叶赛尔听完卡哈尔的讲述，心里涌出一股很热的东西。他想起老人们说过的一句话：两个山坡上的狼，绝对有一只是好的；两条河里的水，绝对有一条会养活人。他以前不理解这句话，现在突然理解了，他的全身都热了。他把孙子抱上马背，与卡哈尔告别，踏上了回家的路。

　　孙子的上马礼就这样被这件事改变了。孙子没有得到马鞍子，也没有得到祝福，但叶赛尔不后悔，本该孙子得到的马鞍子，陪伴一只狼长眠在大地深处，他觉得心里很踏实。

　　从此，叶赛尔没有再做噩梦。

　　别人问他："你为什么没有给孙子举行上马礼？"

　　他说："备鞍容易，骑马难。我的孙子只要学会骑马，就不会没有马鞍子。"

　　在村外的草滩上，他的孙子骑着马在奔跑。

狼之士

吃过的肉会留下味道,走过的路会留下记忆。

猎人啊,你走过了多少座山冈,就有多少双眼睛在期望你回家。

狼 殇

陷 阱

五只狼。

走在最前面的是头狼,高扬着头。跟在后面的四只狼,比头狼小,都低着头。

它们走到牧场边,却不进去,而是爬上旁边的一座山冈。

山冈上有树,它们在树下隐藏起来。

这时,牧民赶着羊群进了夏牧场。有谚语说,有牧民就有羊,有羊就有牧场。所以,但凡牧民出现,就一定是赶着羊群走在山谷中,人和羊要去的地方,一定是牧场。

有人就有贼,有山就有狼。牧民知道山上有狼,但不会想到,一只头狼带着四只狼,就在离他们不远的山冈上。

头狼和那四只狼看着牧民和牛羊。

一位牧民的嗅觉灵敏,闻到空气中有异味儿,心便沉了。他想起有枣没枣打一竿子的说法,便大喊了一声。山冈上的五只狼悄悄不见了影子。

第二天,它们又出现了,还在山冈上看着牧民的牛羊。

那位牧民为昨天的事情感到奇怪,所以留意观察着四周。

狼之士

那五只狼一出现在山冈上,他就发现了它们。他喊了一声,意欲把它们吓走,但这次不灵了,头狼带着四只狼应他的喊叫慢慢走来,似乎他的喊叫招惹了麻烦,他必须得承担后果。他气坏了,从腰间拔出刀子,指着狼大骂:没有割不了的肉,没有砸不碎的骨头。不要脸的狼,有本事,你来,我不把你的狗头剁了才怪呢!他发现自己骂错了,便改骂一句:我不把你的狼头剁了才怪呢!

五只狼没有走进牧场。

它们在牧场边停住,就那样看着人和牛羊。很显然,它们不怕人,甚至不把人放在眼里。牧民们想起一句谚语:鹰再厉害,也不能到河里去游泳;马再厉害,也不能到空中去飞翔。牧民们受不了这份气,便指着狼骂,似乎他们的骂声,还有指指戳戳的手指,可以让狼心生畏怯,退出牧场。奇怪的是,狼似乎真的承受不了他们的辱骂,转身走了。

把狼骂走了!牧民们很高兴。

接下来的几天,牧场上很平静。牧民们有时会朝狼出没过的地方看几眼,山冈一览无余,风中也没有异味儿,看来狼不会出现了。老话说得好:再笨的狐狸,也不会在原地停留。狼也一样,它们只会让人看到一次,永远不可能有第二次。狼不出现也好,牧场上就会安静,牛羊就会安全。

牧民们无暇多想,一一去忙了。

羊群在牧场上也忙,它们的忙是吃草。一只羊走到了树

狼 殇

林边，突然有五团黑影从树林中跃出，像一只大手一样，将这只羊按倒在地上。是那五只狼！其中的两只撕开羊的肚子，将羊的肠子扯出，羊便断气了。这是狼撕咬羊的惯用方法，就像人常说的：土块在河里，必然会被泡化；木柴在火里，必然会被烧掉。狼把羊的肠子扯断，不但可使羊迅速断气，还可先将羊肠子吃掉。在羊身上，狼最喜欢吃的就是羊肠子。

那位牧民这几天一直不安，所以不停地东张西望。就在他无意一瞥之时，便看见了这一幕。他惊叫："狼来了！有五只，像黑风一样把羊卷进去，一晃就不见了！"

说话间，五只狼已将那只羊拖走。牧民们赶到树林旁，只看见一片血迹伸入树林深处，不禁头皮发麻。

牧民们这才知道，人是骂不走狼的。这几天，狼并未离去，而是躲起来在观察牧场上的动静。牧民说，狼是识数的动物，它们一旦将牧场的地形、人员、牛羊数量观察清楚，就会引来庞大的狼群，这样的事在伊犁的一个牧场上曾发生过。当时，牧民发现牧场边上有狼，便骑着摩托车去赶狼，狼逃窜而去，他们返回牧场，一边喝啤酒，一边跳舞。年长的牧民看不顺眼，生气地说："现在的人放的什么牧呢，又是摩托车，又是啤酒！要是狼冲进来，不吃亏才怪呢！"不久后的一天夜里，果然有一群狼冲进了牧场，它们不仅咬死了羊，连摩托车也撞翻在地。第二天，牧民们气得骂狼，但狼早已逃得无影无踪。

狼之士

现在,牧民们担心这五只狼会引来狼群,因为它们已经将牧场观察得很清楚,只需等待时机偷袭。

怎么办?

如果不把它们赶走,牛羊就无法生存。

牧民们商量,把村里的狗带过来,让它们日夜守候牧场,狼便不敢进牧场。但有人马上反对:狼聪明得很,你一走,它们就知道你要去干什么,等你把狗带过来,牧场上恐怕早就没有了羊,只剩下羊毛和羊骨头。

有人提议转场去别的牧场,把狼甩开。马上又有人反对:你能把狼甩开吗?你一转场,狼就跟上了,你走到哪里,它们就跟到哪里,非把你跟死不可!

最后,一位牧民想出一个办法:在牧场边上挖一个陷阱,诱惑那五只狼掉进去,如果想打,就用石头把它们砸死;如果不想打,就把它们困在陷阱里,它们迟早会被饿死。这个办法好。有谚语说:有蹄印的地方,就一定有行得通的路。大家一致认可这个办法,所有人都愿意挖陷阱。

天黑后,牧场像偃卧的巨兽,一动不动。有隐隐的声响,但传不出多远,便被黑夜吞噬。是牧民们在挖陷阱,夜色压得很低,牧场像是在做一个酣梦。快天亮时,陷阱挖好了,牧民们在陷阱口铺上树枝,再在树枝上盖上草,那个地方看上去仍是一片草地。然后,他们又在陷阱边拴了一只羊,这样才可以把狼诱向陷阱。

狼　殇

上午，牧场上安静无声。

牧民们在耐心等待。

一位牧民说："慢慢磨出的刀子才锋利，沉默的骆驼才能走长路。"他们知道，狼一定在暗处观察着牧场，并对那只羊充满好奇。人人都说狼聪明，其实狼的聪明之处就在于机敏，它们一旦产生疑惑，便不会贸然出动。

牧民们断定狼会对那只羊产生疑虑，所以在羊的嘴跟前放了几堆草，羊吃完一堆草，会往前爬动，去吃另一堆草。羊一动，狼的疑虑就会打消，会认为这是一只走散的羊，咬死它不会有问题。

一直到中午，阳光让树木投下巨大的阴影，连草丛也变得迷迷糊糊。突然，几团黑影从草丛中一跃而起，向那只羊扑了过去。

是那五只狼。

羊受到惊吓，发出粗哑的"咩咩"声。

羊的"咩咩"声未落，五只狼却发出惊嗥，它们因为扑向羊时太过于心急，踩断了陷阱口上的树枝，掉进了陷阱。这个设计好的计谋，就像牧民常说的那句谚语：黑夜的暴风雪才最猛烈。被算计的五只狼，命运已不可逆转。

狼不屈服于如此下场，在陷阱里慌乱跳跃，渴望能跳出陷阱。它们的跳跃远不及陷阱的高度，几次挣扎后，便绝望地趴在陷阱底部，呼呼喘着粗气。

狼之士

牧民们向陷阱里望，脸上涌出一堆笑。

挨过几天，五只狼饿得晕头转向，在陷阱中发出痛苦的嗥叫。本来，它们咬死那只羊，可以解决多日的饥饿，不料反倒中了牧民们的计谋，被困在了陷阱中。饥饿加上绝望，使它们丧失了支撑的力量，几乎趴下不能再动了。

牧民们知道它们无法跳出陷阱，便说："没走过的路才最遥远。你们能得很，从陷阱里飞出来让我们看看。"

狼没有反应。

他们站在陷阱边向里张望，望着望着，便因为狼变得如此狼狈而高兴，对狼指指点点，痛斥它们也有这样一天。平时，牧民们其实很少近距离看到狼，现在想怎么看就怎么看，想怎么骂就怎么骂，他们很高兴。

又过了几天，狼饿得已叫不出声，一个个软软地卧在陷阱里，只发出微弱的呼吸。牧民们在陷阱边往里看了几眼，这正是他们希望看到的情景，狼变成这个样子，是他们最开心的事情。一位牧民说："摸过刃口，就会知道刀子的锋利。毛驴子下哈的狼，有三头六臂也出不来了。""下哈的"，是生下之意，人们经常那样骂狼。于是，他们回去喝啤酒，唱歌跳舞。

在陷阱里，狼终于饿得无法忍受，开始互相打量。很快，这种打量就随着头狼的目光变得锐利、另外四只狼的目光变得畏怯而结束。头狼即使在这种境地仍不失威风，它对另外

狼 殇

四只狼扫视一番,四只狼便无声地趴下,一动不动。

少顷,头狼将目光停留在了一只狼身上。起初,它注视那只狼的目光是复杂的,还夹杂着一丝伤感,似乎在做某种艰难的思考。但很快,它的目光便变得颇为冷峻,并且闪烁出一丝寒光,死死地盯住了那只狼。

那只狼痛叫了一声。

头狼也叫了一声,但不是痛叫。

那只狼将身子往后缩去,似乎陷阱后壁上有可供它遁去的缝隙。

头狼粗嗥一声,和另外三只狼一起扑过去,将那只狼的喉咙咬断,继而又将它的肚子撕开,扯出了它的内脏。它们的动作很迅速,那只狼没来得及发出任何声响,便断气而亡。它们饿坏了,将撕扯下来的狼肉囫囵吞噬,直至那只狼只剩下一堆碎骨和毛皮,才停了下来。

狼在快要被饿死的境地,只能将其中的一只狼咬死吃掉。牧民谈及这样的事情,往往会说:"坠下悬崖,不会落到草地上;砸下石头,不会没有深坑。"在头狼的指挥下,这种行动变得有条不紊,被选中的狼便难逃一死。狼群吃了同类后,就可以挨一些时日。这样的情景,就像谚语所说:左手拿不稳的,右手一定能握紧。狼并不会因为吃了同类而内疚,在它们的生存法则中,吃掉同类或被同类吃掉,都是不可改变的命运。如果这样的命运摊到别的狼身上,它们会毫不犹豫地扑上去；如果这样的命运摊到自己身上，它们便认命，用自己的生命换取让同类活下去的机会。

有牧民看见了陷阱里的这一幕，马上奔走相告："狼开始吃狼了！头狼和三只狼将另外一只狼咬死，把它的肉吞吃了！"

这一消息让牧民们惊讶，他们将狼引诱进陷阱后，看它们在陷阱中先是咆哮，后又被饿得有气无力，便觉得就那样挨下去，把它们饿死算了，没想到狼居然吃狼！它们如此吞噬一顿至少可以管十天，在十天之内，它们不会为饥饿发愁。但是牧民们不着急，离秋末转场还有三个多月，狼是挨不过人的，他们只管等着看好戏。

这件事传开，牧场上热闹起来。

狼吃狼了！

真好看！

真解气！

狼卧在陷阱里没有任何反应。

牧民们看见狼没有反应，便想它们在十余天后又将如何忍受饥饿？他们想起一句谚语：吃过的肉会留下味道，走过的路会留下记忆。大家断定头狼一定会从剩下的三只狼中选出一只再次咬死，以供它和另外两只狼渡过饥饿难关。

十余天后，果然不出牧民们所料，头狼再次将目光盯在一只狼身上，和另外两只狼一起扑向了它。残酷撕咬只是为

狼　殇

了生存，而陷阱变成了不可改变法则，当狼被饥饿的大手拽向死亡深渊时，它们便挣脱而出，死死抱住陷阱里的残酷法则，以吞噬同类的方法让自己活下去。那只被咬死的狼很快被它们吞噬干净，地上的狼骨头又多了一堆，狼毛又多了一层。头狼和那两只狼吃饱后，神情自若，各自一副从艰难处境中挣扎而出的样子。

一位牧民站在陷阱边幸灾乐祸地嚷："咬啊，全咬死啊！"

狼没有任何反应，他觉得无趣，便南腔北调地唱着歌走了。

又过了十余天，头狼和另一只狼饥饿难耐，第三只狼又被它们咬死吃掉了。

牧民们算准了时间，站在陷阱边看好戏。头狼吞噬完狼肉，用复杂的目光向外张望，它已丧失往日的威风，变成了绝望的囚禁者。一位牧民说："隔夜的饭难咽，隔山的人难见。"说着，对狼发出惋惜之声。马上便有人指责他："你同情狼，如果你在狼群中被围困起来，狼会同情你吗？"

时间一天天过去，人们等着剩下的那只狼被头狼咬死吞噬。他们知道，那只狼从前三只狼身上早已洞悉了自己的命运，明白自己会有一个怎样的下场。牧民说，锅里的肉是炖的，碗里的饭是吃的。所以，这只狼的命运明摆着哩，没什么可挣扎的了。这只狼无助地望着头狼，似乎在感谢头狼把自己留在了最后,而且因为吃了前三只狼才没有被饿死。

挨了些时日,头狼又饿了,它简单重复着前面的动作,咬死了这只狼。

这只狼的肉身让头狼维持了近一个月,每次饿了,它便将其撕扯吞噬一些,就那样挨着时间。只要有吃的,就一定能活,头狼现在就是这样。

牧民们经常到陷阱边观察头狼的动静,它愤怒地盯着牧民们大声嗥叫。牧民们看见它如此失态,便嘲笑它:"有本事,你不要吃狼,把自己饿死啊!"

它听不懂人的话,仍粗喘大叫。

牧民们皱着眉头离去。

天黑后,它仍然在嗥叫,声音里充满痛苦和绝望。牧民们到陷阱边骂它:"不要脸的狼,你连狼都吃,你还是狼吗?"

它叫得更厉害了,似乎知道自己最终会被饿死,所以,它不想熬了,要用嗥叫的方式死去。一位牧民说:卡在喉咙里的是骨头,卡在心里的是怒气。这只头狼,心里难受得很。牧民们都被它的叫声搅扰得烦躁,都不再到陷阱边去看它。

当晚下了一场大雨,"哗哗"的雨声中不时传出头狼的叫声,牧民们知道陷阱里积了雨水,它被浸泡其中,一定是一副更加狼狈的样子。不知为何,牧民对它产生了同情,觉

狼 殇

得一只狼到了这种地步挺可怜的,不忍心再让它受罪。但狼是羊的天敌,这一法则永远不可改变,牧民们便将同情强压于心底,打消了要放它出来的念头。

第二天上午,雨停了。

一位牧民无意一瞥,看见一团影子从陷阱里飘了上来,又倏忽沉了下去。他盯住那团影子看,却看不清。他想起一句谚语:风不吹,树叶不会动;水不流,河流不会涨。他一愣,难道那只狼要爬出陷阱逃走?

就在他愣神的片刻,那团影子变得越来越清晰,果然是那只狼。它爬到陷阱口,用一只爪子抠住外面,却爬不出来。它再次用力,不但没有爬出一寸,爪子反而颤抖起来。它没有放弃努力,抬头看着天空,突然发出一声嗥叫,然后腰向上一挺,便爬出陷阱,摇摇晃晃向牧场外走去。

那牧民看得目瞪口呆。

他走到陷阱边,看见被头狼咬死的四只狼的尸骨在陷阱里被堆了起来。他明白了,头狼是踩着同伴们的尸骨爬出了陷阱。他嘀咕了一句:船在水里,就一定能划;马在草原上,就一定能跑。但是他很疑惑,头狼早就有了这一想法,为何要等到现在呢?

它在陷阱中被困了这么久,加之又被饥饿摧残,看上去像是随时要倒地毙命,但它已经脱离了危险,必须挣扎着走出牧场。

一只乌鸦在它头顶盘旋，叫了几声。

乌鸦是狼的朋友，总是在天空中给狼传递信息。这只头狼刚走出牧场，乌鸦便给它传递了一个信息：前方不远处有一只狼。

头狼虽然仍摇摇晃晃，却加快了速度。

乌鸦看见它接近那只狼后才飞离。

第二天，牧民们在不远处发现有一只狼被咬死，只剩下一堆肉骨和皮毛。再看旁边的草地，有一串狼的爪印一直延伸向树林中。他们明白了，这是那只头狼干的，它被那只乌鸦引到这里后，闻到那只狼身上的味道，像在陷阱中一样，体内涌起一股强烈的冲动，一跃而上将那只狼咬死，大口吞噬了一顿。

牧民们唏嘘：头狼在陷阱里吃了四只狼后，味觉记忆留下了狼肉的味道，当它从那只狼身上闻到熟悉的味道，便扑过去将其咬死，疯狂吞噬了一顿。

一位牧民问："它为什么会变成这样？"

没有人能说出答案。

这时，隔着一座山，传来头狼的几声嗥叫。其实，它已跑出很远，但它的嗥叫声似乎很近，让牧民觉得它仍在他们眼前。

待狼嗥声落下，四周便静了，谁也不说话。

狼 殇

在大雪中走散

雪下疯了。

比雪更疯狂的是风，呼啸几声，把地上的积雪掠起，似乎要砸回天上去。

雪并没有砸多高，便又落到地上，旋转出一片飘荡的影子。有一团影子却不飘荡，沉甸甸地从风中晃出，像是真的砸在了地上。

是一只狼。

这场雪下起时，狼群要爬过一座山冈，去一个山谷中避雪。雪下得太大了，狼不喜欢这样的天气，往往会在天气变化前，迁徙到风小和雪薄的地方。这只狼走在狼群的最后。它隐隐听见身后有声响，便警觉地回头张望，以防有什么袭击自己，但身后什么也没有，它又向远处观察，远处也没有能动的东西。它转身继续上路。

此时，狼群已翻过山冈不知去向，雪地上只留下杂乱的爪印。它急躁地嗥叫，树上的积雪颤动着落下，随后复归平静。

无奈，它独自上路，向山后的峡谷走去。与狼群走散让它有些失落，因此，它必须尽快找到一个避风且少雪的地方，才能熬过寒冷的夜晚。

它的运气不好，走了一天也没有找到理想的地方，而且因为迷失方向，走到了一个村庄边上。村子里有狗，发现它后大叫着扑了过来，它转身往回跑，四爪把地上的积雪踩起一层雪浪。它跑了很久才停下来，狗早已放弃追逐，但它不敢停留，又向前跑去。

天黑后，它在一条河边停下来。已没有危险，它可以喝一点儿水、休息一下了。它很饿，但眼前只有河水，只能先用水来缓解干渴，至于饥饿，只能先忍着。它将头伸入河水中长饮一番，才感觉舒服了一些。喝完水，它又上路了。在如此寒冷的大雪之夜，它必须找到暖和的地方才能熬过夜晚。

它打算去河对岸的树林中碰运气。以前在这样的大雪天，它曾发现了树洞，钻进去一觉睡到了天亮。河对岸既然有树林，就一定有树洞。它内心一阵温暖，四爪有力了很多。

走到河中央，它突然想起明天早上，山羊会到河边喝水，那可是好机会，何不在此潜藏，等到明天早上咬死一只山羊？按它目前的饥饿程度，过两天便无法再撑下去，所以尽早解决食物才是上策。山羊其实在秋末就上山了，但它们没有雪豹高傲的心性，爬到半山腰便随意待着，再也不想走动一步。下大雪时，山羊会变得焦虑，并经常下山到河边喝水。这只狼正是掌握了山羊的这一习性，才把它们作为袭击对象。

它返回刚才喝水的地方，判断出山羊明天早上必然到达这里，便挖出一个雪坑，悄悄卧下身子，任大雪一层又一层

狼 殇

地将自己覆盖。它必须让大雪掩盖住自己,才能出其不意地袭击山羊。

它熬过漫长的夜晚,大雪将它掩盖得不露一丝痕迹。

第二天早晨,山羊向山下走来。狼看中了一只肥硕的山羊,一跃而出将它扑倒在地。山羊们惊吓得四散而逃,雪地上留下了混乱的蹄印。很快,就有飞溅的鲜血洒到了雪地上,像突然绽开出了几朵骇目的红花。狼咬死那只山羊,撕扯开臀部的肉吞噬一番,然后拖着尸体向远处走去。在这样的天气储食,即使有再多的食物,也要留下一些以俟下顿。

狼躲在一片树林里,将那只山羊饱食了几顿,又开始了漫无目的的流浪。

因为没有明确方向,它无意间走入了一个冬牧场。冬牧场与夏牧场不同,牧民将牛羊都赶了回来,用草料喂食它们过冬,人则住进冬窝子,整整一个冬天都不再迁移。它发现了牛羊,动心了,决定偷袭一次再走。狼在夏天的牧场上经常偷袭牛羊,在冬天则很少能碰到牛羊。意外发现让它内心涌起冲动,想通过这次偷袭在狼群中建立威信。为此,它潜藏在牧场边的树林里苦苦等待,熬过一番艰难,终于等到了一个机会,有一个人赶着牛群去河边喝水。那条河离冬窝子很远,它在河边刚好可以扑向牛撕咬,等人赶过去,它早已将牛的内脏扯出拖走了。

人和牛群慢慢向河边走去。狼绕开牧民的视线,快速到

狼之士

达河边,在一块石头后隐藏起来。牧民不会想到,有一只狼正在等待时机扑向他的牛群。

牛走到河边,将头伸入水中开始喝水。牛需要喝很多水才能解渴,所以长久都不将头抬起,边喝边从鼻孔里喷出气息。那位牧民因难挨冷冻,在河岸上不停地跺脚。狼觉得他在这么冷的天气里挨不了多长时间,过一会儿就会跑回去烤火,只要他一返回,它就可以扑过去咬牛的睾丸或喉咙,迅速达到目的。

牛喝完水,在河边用嘴拱开积雪,寻找着里面的什么。原来,牛发现了冻土中的草根。它用嘴哈出热气,先将冻土化开,然后扯出土中的草根咀嚼。大雪覆盖了大地,对牛这样的食草动物来说,从土中扯出一截草根咀嚼,不失为难得的享受。

牧民觉得牛可以在这儿吃半天草根,便返回冬窝子去烤火了。他一边跑,一边嘟噜个不停:"早知道你们要吃草根,我就不等你们了,等你们喝水都把我冻坏了。"

人走了,狼的机会来了。

它盯准一头高大健硕的牛,牛的肚子圆鼓鼓的,内脏一定很丰富。它准备趁那头牛不备,扑过去一口咬掉它的睾丸。牛的睾丸是致命所在,曾有狼将一头牛的睾丸一口咬掉,那头牛顿时血流如注,疼得在原地打转,不一会儿便倒地而亡。狼对付牛这样的大畜时,无力与它们拼斗,所以便使用攻击

狼 殇

致命处的办法,使它们丧命。

等待许久,那头慢慢寻觅着草根的牛终于走到了这只狼一跃可扑到的位置。

狼不能再犹豫,出击!

狼从石头后迅速蹿出,一跃而起向那头牛扑去。牛很灵敏,马上便发觉了狼的动静,转身向狼发出声音的地方张望。它这一转身,狼便无法咬到它的睾丸,因为它的双腿恰巧挡住了狼的视线。

狼马上改变思路,一跃跳上牛背,准备去咬牛的喉咙。狼的思维异常灵敏,如果在地上去咬牛的喉咙,牛一扬头便会让它落空,所以,它跳到牛背上,要自上向下攻击牛的要害。

牛群因为突然出现的狼而慌乱,而背上趴着狼的这头牛更加惊慌,发出嘶哑的叫声,在雪地上跑来跑去,意欲把狼甩下来。狼死死地趴在牛背上不动,以至于牛无论在雪地上怎样快速奔跑,也不能把狼甩到地上。

实际上,狼跳到牛背上就后悔了:牛的身躯高大,加之又很灵活,所以,它无法咬到牛的喉咙。更要命的是,牛在地上跳动和奔跑后,它怕摔下去被牛踩死,只能死死趴在牛背上。

牛发觉无法把背上的狼甩下来,便向冬窝子方向跑去。牛的意识很清醒,既然狼趴在背上不下来,那就把狼驮到主人跟前,让他们来收拾狼。狼不知道牛已经产生了这样的想法，仍死死趴着不动，任由牛驮着往冬窝子方向跑去。

牛奔跑得越来越快，雪地像闪烁白光的深渊，狼再也不敢跳下，便只能死死趴在牛背上。

这时候，那位牧民正要去找牛群。又下大雪了，而且刮起了风，这样的天气极易起暴风雪，必须把牛群赶回来才稳妥。他刚走出冬窝子，便看见他的一头牛飞奔着跑了回来。牛跑进牧场后，并不回到牛群中，而是直接跑到了他面前。

他看见牛跑得气喘吁吁，再往它背上一看，有一双绿眼睛，是狼！牛背上驮着一只狼！

狼惊恐地嗥叫一声，从牛背上跳下，试图逃出牧场。

冬牧场的人很多，很快就把狼围住，并用木棍将它击倒在地，然后用铁丝把它拴了起来。它大声嗥叫，被禁锢的屈辱和悲愤从喉咙里奔涌而出，在飞雪弥漫的冬牧场久久回荡。

人们明白这一狼一牛在河边发生了什么。牧民们一直想打狼，却苦于没有机会，今天的这只狼送上门来了，岂有不打之理？但它已被铁丝拴死，倒不用着急把它打死，看看它会如何熬过被拴住的日子，它身上的凶残之气会怎样丧失，在最后会怎样死掉。牧民之所以产生虐狼心理，是因为他们在内心恨狼，一直希望有机会打狼，以解憋屈之气。现在好了，终于可以在这只狼身上解气了。

入夜，雪下得更大了，风呜呜地呼啸不停。牧民们因为这只送上门来的狼而高兴，聚在一个冬窝子里喝酒。

狼 殇

有一位牧民问:"这样的天气会不会把狼冻死?"

另一位牧民说:"不会,狼是耐寒的动物。你没看见这么冷的天,别的动物从不见影子,狼却照样在外面跑吗?"

大家都认为他说得有道理,他们虐狼的心理又开始波动。有人说:"狼不怕冷又能怎么样,还不照样被我们给收拾了吗?"

半夜,风刮得更大了,地上的雪被成团刮起,像石头一样砸向远处。被拴住的这只狼无力摆脱铁丝,便连连嗥叫,声音既凄楚,又急躁。牧民们知道它不能忍受这样的屈辱,但那根铁丝犹如死亡绳索,已将它牢牢捆绑,它除了嗥叫,怎样挣扎都无济于事。

牧民们在冬窝子里听着它的叫声,便骂:"毛驴子下哈的狼,平时尽害人哩,现在被铁丝拴死了,就丢人现眼吧,嗥死你,也不放你走!"

后半夜,一群狼悄悄接近了它,是与它走散的那群狼。它们一直在寻找它,无奈风雪太大,找不到它的踪迹,现在听到它的嗥叫,便迅速向这里跑了过来。

它的嗥叫起到了作用。

很多时候,狼的嗥叫是向同类传递信息。据经验丰富的牧民讲,狼的听觉在动物中独一无二,隔几座山都可以听到同类的叫声,并能够准确判断出同类传达的信息内容。这只狼被囚禁后不停地嗥叫,期望同类能够来解救它。它的运气不错，走散的那群狼听到了它的叫声，并判断出它处境危险，便来解救。

但这只狼被铁丝拴死了，它们无法弄断那根铁丝，只能用哀戚的目光望着它。

这只狼至此才明白，拴它的铁丝就是一根死亡绳索，一头在它身上，另一头在黑暗的死亡深渊中，而且很快就要将它拉进死亡深渊。

这只狼绝望了。

狼群也绝望了。

天快亮了，狼群必须尽快离去，否则被牧民看见，就会知道狼群是来救它的，会马上把它打死，便再也没有救它的机会了。

狼群低叫几声，转身离去。

它朝着狼群叫了一声，狼群听到后一阵波动，转身返回到它面前。它无奈地看了看狼群，又重复了一次刚才的叫声，然后闭上了眼睛。

狼群扑过去将它咬死，然后离去。

天亮后，牧民们发现它死了，但没有人知道，它是被狼群咬死的。

狼　殇

爪印幻影

他年长，人们都叫他老马。

老马虽然有猎枪，但在羊圈四周又安装了狼夹，养了几只牧羊犬。

是为了防狼。

狼在老马家附近的树林里窥视羊许久，终不能得逞。一次，老马赶着羊去河畔吃草，一只狼突然从树林里蹿出，扑向一只羊。但狼的判断有误，不知道老马背着猎枪，于是一声枪响，狼的身子歪斜了一下迅速逃走。那只羊的腿上汩汩流血。老马骂了一句："毛驴子下哈的狼，干啥哩？"

那只狼跑到树林边站住，回头看着老马。老马不能断定刚才的一枪是否击中了狼，便又举起手中的猎枪，狼一晃不见了踪迹。

惊险而刺激的一瞬太过于短暂，让老马为自己没有得手而遗憾。那只狼跑到树林边站住、回头看着他的情景，激起了他的仇恨心理。他很生气：你毛驴子下哈的为什么看我？难道想收拾我不成？

回到家，老马仍然不能平静，不停地嘟噜着："毛驴子下哈的狼，干啥哩？"牧民们都这样骂狼，这句话出自阿勒泰的一位牧民之口。一天晚上，那位牧民的羊遭狼偷袭，他

狼之士

冲进羊圈后,看见狼正在咬羊的脖子,情急之下大吼一声:"毛驴子下哈的狼,干啥哩?"他的羊被狼咬死了不少,但他着急吼出的那句话盖过了人们的同情心,在牧区广为流传。

这件事传到老马耳朵里时,他忍不住笑了,但看见狼袭击他的羊时,他也吼出了那句话。原来,危急的那一刻,内心的急迫让语言丧失了准确性,着急吼出的话只是本能反应。

老马意识到,那只狼恨上了他。于是,他在羊圈外安了狼夹,又灵机一动在羊圈里面的墙根安了一个。他想,即使你毛驴子下哈的躲过外面的狼夹,里面的第二个狼夹,你还能躲过吗?你有那么聪明吗?

不久之后的一夜,那只狼果然再次来袭。不出老马所料,它虽然躲过了外面的狼夹,但没有躲过羊圈里的第二个狼夹,"啪"的一声,一条后腿被夹住了。它用力扯起夹子翻墙而逃。夹子"叮叮咚咚"的声响将老马惊醒,老马提起一把刀冲出了房门。

狼摇晃着在前面跑,老马在后面追,一伸手就可以抓住夹子上的铁链,但老马不那样做,只是紧追不舍。以前,有一位牧民在这样的情况下去抓铁链,意欲将狼拽回,不料狼突然回头咬住了他的胳膊,幸亏他机灵,用力抱住狼头大喊救命,及时赶来的牧民帮助围攻,才将狼打死。老马知道只要一直紧追,狼的内心会越来越惊恐,加之一条腿已被夹子夹住,跑不了多远,就会因流血过多一头栽倒。

狼　殇

但那只狼跑着跑着，突然停下，一口咬断那条被夹住的腿，用三条腿逃走了。

老马唏嘘不已。

少顷，老马拾起夹子，拉开机关，将狼的断腿取下看了看，扔进树林，树林里立刻一阵"哗啦啦"乱响。

老马提着夹子转身返回，嘴里又嘟噜了一句："毛驴子下哈的狼，干啥哩？"他的语气中充满无奈。狼在关键时刻居然把自己的腿咬断逃走！回到家很久了，那一幕仍在他眼前晃动。他心里有了恐惧，但愤怒很快将恐惧压了下去。

没过几天，老马惊异地发现，他家附近有狼的三只爪印。狼又回来了！用三条腿在附近走动。老马很愤怒，也有些惊恐。他把这一发现告诉了村里人，引得人们议论纷纷。人们断定，那只狼被老马害得丢了一条腿，要找老马报仇。

"它想报仇，我还想灭了它呢！"老马很生气。这只狼只有三条腿，只要让他碰上，不要了它的命才怪呢！

好猎人会先挖陷阱，好骑手会先选骏马。老马明白先下手为强的道理，准备好猎枪、狼夹、刀子、绳子和牧羊犬，开始寻找那只狼。

但只见狼的三只爪印，狼始终不肯露面。

老马憋足劲寻找，狼的三只爪印很快又消失了。他累了，低声骂着狼怏怏回家，不料第二天，家门口又出现了三只爪印。他追逐三只爪印而去,仍一无所获。他面对沙漠垂头丧气,一屁股坐在沙地上。天气不好,天空中乌云堆积,似乎幻化成了一只奔跑的狼。他揉揉眼睛,意识清醒过来,才打消了对着天空开枪的念头。

老马与狼的对峙自此开始。

他居家不出,三只爪印便逼到近前;他追出寻找,三只爪印又神秘消失。老马很了解狼的习性,三只爪印时隐时现,他断定狼一定有了攻击他的办法,但他也做好了准备,只要狼一出现,他便打断它的一条腿。老马在心里咒骂:"你毛驴子下哈的剩两条腿了,我看你还怎么折腾!"

但那只狼始终不和他打照面。

周围的人调侃老马:"狼在逗你玩呢!"

老马很生气地说:"它逗我玩?你们把狼说得也太有本事了,狼也有没本事的时候。你们没听说过发生在巴尔鲁克山的一件事吗?一只狼被鹰啄瞎了眼,走不了几步,不是撞在树上,就是撞在石头上,那个狼狈的样子别提有多难看了。还有阿勒泰那仁牧场的一件事:一只狼自不量力跳到一头牛的背上去咬牛,结果被牛驮起来就跑。牛跑得很快,狼怕掉下来摔死,只好老老实实在牛背上趴着,最后被牛驮到牧场,被牧民打死了。"老马辱骂了一通狼,心里舒服了很多,回家炖了一锅羊肉,吃了一顿。

但人们都被狼的三只爪印吸引,对老马的话不感兴趣。

狼 殇

人们议论纷纷,那只狼要找老马报仇。以前发生过狼找人报仇的事情:有一个人打死一只狼,将狼皮剥下挂在院子里的树上,把狼肉做了一锅抓饭,骑马去请他的朋友:"到我家里吃狼肉抓饭吧,我打了一只狼,做了一锅狼肉抓饭,香得很。"他的朋友听了大惊失色地说,狼肉不能吃,一来太热,吃了上火,受不了;二来狼会来报仇,你怎么吃进去的,狼会怎么掏出来。朋友们都不敢去吃,他一人快快而归,独自吃了一顿狼肉抓饭。晚上,他果然浑身发热,才知道朋友所言属实。他心里有一丝担忧,狼会不会来找自己报仇?这时候,他听见有人敲门,便问:"谁?"门外没有回应,敲门声依旧。他警觉起来,从门缝里往外一看,妈呀!一只狼正在用爪子学人敲门,如果他把门打开,它定会一口咬到他脖子上。他吓坏了,大声喊叫:"朋友们啊,快来帮忙啊,狼找我报仇来了!"门外的狼听到他的叫声,知道计谋已被他识破,便转身扑向他家的羊圈和鸡圈。他眼睁睁地看着自家的羊和鸡被狼大肆撕咬,最后一个个丧命。事后,他对朋友们说,他后悔吃那顿狼肉抓饭,恨不得把吃进去的东西吐出来。他的朋友说:你应该把你打狼的心吐出来才对。

老马天天背着枪在村子周围走动,很多天过去了,不见狼的任何踪迹。老马很郁闷,难道狼像幽灵一般消失了?老马闲了下来,但几天过后,三只爪印突然又出现了。老马备足弹药,躲在村口的栅栏后面,只要狼进入村子便开枪射击。村里人也忙着赶来,白天黑夜背着枪在村子周围转悠,一旦发现狼要扑向村子里的羊,便会向狼开枪。

老马一等十多天,狼始终没有出现。

等狼无望,村里人都去忙别的事情了,老马也不再去栅栏后面潜伏。有一句老话说:变天先刮风,狼来先嗥鸣。老马不着急。狼不会无声无息地出现,村里有很多狗,有几只甚至是上等的牧羊犬,只要狼一出现,它们便会大叫,狗一叫,人就会知道狼来了。老马盼望着狼来,更盼望着把狼打死,以洗之前的耻辱。

一天,老马和一只狼相遇了。那是一只沙漠狼,灰头土脸,一副长期挨饿的样子。老马从马上下来,端起猎枪瞄准了它,它却对老马不屑一顾,久久看着老马不动。老马很生气,道:"毛驴子下哈的狼,欺负我老汉没本事是不是?"他再次瞄准它准备开枪,想起以前有人曾对他说过,三年打一狼,意思是狼受老天爷保佑,人用三年才能打死一只狼。老马觉得那个说法有道理,他活了这么大的岁数,没听说过谁天天能打死狼。老马心想:不行,不能打这只狼,如果把这只狼打死了,就没机会打那只三条腿的狼了。这么一想,他收起枪,朝狼大喊:"滚蛋吧!你今天运气好,我老马要留着机会干大事呢,就不打你了!"

不料,那只狼突然向他扑了过来。老马一惊,大叫一声:

狼　殇

"毛驴子下哈的，我不打你，你还想吃我呢！"慌乱之中，老马朝狼开了一枪，狼被打中倒下，在沙丘上撞起一股灰尘。

老马一边拖着狼往回走，一边发牢骚："哪个不要脸的说三年打一狼？害得我老马差点儿被狼吃了！"

几天后，那只三条腿的狼终于出现了。看见它的是村里的一个女人，她去泉中提水，突然看见一只狼用三条腿慢慢向村子走来。它看见了她，却视而不见，并未停住。它的走动颇为困难，每迈前一步都很吃力，还有随时要倒下的危险，直至走到一棵树跟前，才靠住树停了下来。那女人扔下水桶，边跑边叫："老马，三条腿的狼来了，赶快出来打它！"她一叫，那只狼便转过身，向村后的树林里走去。

老马提起枪追到树林边，早已不见那只狼的影子。

当晚，老马做了一个梦。在梦中，他是年轻气盛的猎人，在戈壁滩上寻找猎物，然后追逐和射击。然而，他推上膛的是子弹，开枪后打出的全是水，射不到猎物身上。他着急地用力去扣扳机，以至于将扳机扣坏了仍无济于事。梦竟然发生了异变：枪的子弹——猎人最得心应手的武器居然变成了这样，老马惊恐不已。梦有时候也会折射人的心理。在梦中，有几个同行来找老马喝酒，老马很羞愧，似乎子弹变成水预示着他将无奈地结束自己的打猎生涯。所以，他想找个地方躲起来，以免让他们嘲笑自己，可他无处躲藏，一紧张便醒了。虽然只是一个梦，但他仍觉得很怪异，打猎一辈子，到最后，子弹居然变成了水,他内心隐隐产生了不祥之感。他起身去抚摸挂在墙上的猎枪,一股冰凉之感让他的手战栗。他在黑暗中站了很久才回到床上躺下。那一夜,他无法再入眠,双眼望着屋顶挨到窗户泛白。

四五年过去,狼的三只爪印偶尔在老马面前出现,老马便去寻找三条腿的狼,但每次都两手空空地回来。

狼的三只爪印变得像幻影,时不时地向老马弥漫过来,刺激他一下,让他坐立不安。他神情坚定地出去,地上或空有狼的三只爪印,或无一丝痕迹。他叹息几声便返回家中。

又过了几年,老马已无力走动,便买来一头小毛驴,每天骑出去寻找狼。小毛驴慢慢悠悠,他不太灵活的身躯随之摇来晃去。

有人说:"老马,那只狼恐怕早死了。你都这么大年龄了,它还能活着?"

老马很生气,声色俱厉地说:"你不看看,地上还有狼的三只爪印呢!"

地上确实有狼的三只爪印。那人不再说什么,目送老马向沙漠深处走去。

后来,老马在一个大雪之夜死去。

狼的三只爪印,再也没有出现。

狼 殇

梦里梦外

"到底有没有白狼?"不少人都这样问。

一位猎人说:"有,绝对有白狼!"

人们问他有何根据。

猎人说:"在很早的时候,阿勒泰的北湾就有一只白狼。它是狼王,很少露面,指挥狼群偷袭羊群,享受狼群捕获的肉食。"

猎人还告诉人们,他梦见了白狼,它浑身白得像雪一样,从北湾的树林里走出时,把那些阴暗的角落都照亮了。在梦中,他也是猎人,趴在石头上举着枪等白狼靠近时,他开了枪,却并未击中,白狼一跃从他头顶跳了过去。他觉得这个梦会变成现实,所以就来北湾等白狼,一定要把白狼打死。

不久,传来一个消息:北湾真的出现了一只白狼,就在额尔齐斯河边的树林里。人们便问:"是谁在树林里看见了它?"

带来消息的人回答:"是那位猎人,他在额尔齐斯河边的树林里与那只白狼相遇,并对峙了很长时间。"

后来,这件事终于被人打听清楚,是那位猎人到额尔齐斯河边的树林里潜伏了很久,与那只白狼遭遇了。好几天晚上,他趴在草丛中潜伏,等待白狼出现。他潜伏的地方与他梦到的地方一模一样,所以,他坚信白狼一定会出现。那是正值蚊子猖狂的时节，没过多久，他就被蚊子咬得疼痛难忍，但欲望压制着疼痛，因此，他没有动一下。

突然，树林里出现一道白光，并向他眼前移动过来。等到了跟前，他终于看清，那真的是一只白狼。白狼在急驰之中也看见了他，倏然停住，向前审视。他虽然在潜伏，但在只有十来米的距离之间，还是完全暴露在白狼的视野里。白狼也许很多天都没有进食了，肚子瘪瘪地甩来甩去，四腿颤颤巍巍，像是支撑不住躯体。

白狼开始和他对峙。它前爪抠地，高扬着脑袋，眼睛里透露出像刀子一样的光，死死地盯着他。过了一会儿，它将后腿蹲下，把两条前腿立于胸前，目光变得更加可怕。

这是狼进攻前惯用的动作。

他把子弹推上了膛，准备向白狼射击，但他突然想起在边界附近不能开枪。那一刻的气氛变得紧张起来，狼满目凶光的样子，让他如临大敌。

很快，白狼发出粗重的喘息声，两眼盯着他。

它进攻的时候到了。

突然，它头一低，脑袋乱摇，用一只前爪挠来挠去。是蚊子开始咬它了，蚊子咬得太及时了，它无法再向他发起攻击，只顾抓耳挠腮扑打蚊子。其实，他早已受蚊子叮咬多时。蚊子先是一层一层地落下来，然后从衣服外往里咬，很快就让他身上像火烧似的疼起来。但潜伏时的第一要求是安静，

狼　殇

所以，他一直坚持静静地趴在地上。

蚊子越来越多，在他身上来回爬动，他如同置身于蚊子的窝里，没有一点儿躲避的办法。他看着白狼乱跳乱晃，心想，人可以忍受蚊子咬，但狼未必能行，说不定会马上离开。夜色很黑，他无法看清蚊子到底有多少，但从白狼的情形来看，它裹在由蚊子组成的大网中，浑身上下正在被蚊子疯狂叮咬着。

白狼挠了一会儿，转身跑了。

直到白狼消失在树林深处，他才松了一口气。

本来，他是为打白狼而来的，但白狼出现在他眼前时，他却乱了手脚。如果不是白狼受到蚊子叮咬，一跃向他扑过来，他便没有任何逃跑的机会。

之后，白狼没有出现。有人说："白狼一旦被人看见，就会心生耻辱，找一个地方躲起来，好几年都不会出现。它掌控的狼群捕到肉食，会首先孝敬它，所以，白狼不会为生存发愁。"

那猎人把这件事说得头头是道，但人们似信非信，问他："你是不是又做梦了，说的是梦中的事情？"

那猎人说："我说的都是真的，你们为什么不信呢？"

其实，人们很想看到白狼，如果它出现在众人眼里，关于它的种种传说就会消失，人们便不再猜测。但它始终不肯露面，加之那猎人把它说得神乎其神，人们便觉得那猎人说

狼之士

得太玄乎，应该是梦中的事。

很快，北湾一带出现了很多狼。

一天，一位农民种地回来，发现大门下面有一个坑，他打开大门往院子里一看，到处都是鸡毛，地上还有猩红的血迹。他一惊，难道有狼？他赶紧去看鸡圈，所有的鸡都不知去向。他细看四周，发现地上有狼的爪印，便一屁股坐在地上，用最难听的话诅咒狼。这件事确实是一只狼干的，它偷偷摸摸到他家附近，发现无一人在家，便用前爪在大门底下挖了一个坑，然后钻了进去。巧的是，他家的四只鸡都关在鸡圈中，它爬进去把它们一一咬死，用三只饱餐了一顿，叼着剩下的一只悄悄离去。

这件事在北湾传开后，有人惊讶地说，以前狼冲进羊圈把羊咬死，像强盗一样，而现在狼又偷偷摸摸溜进院子里吃鸡，像贼一样。狼聪明到了这种地步，再也没有办法防它们了。

至于狼群，则更可怕。有一天，一个人牵着一只奶羊去另一人家中挤奶，走到半路，突然听到身后有异样的响动，回头一看，一群狼扑了过来。他惊叫一声，扔掉牵羊的绳子，跳到路边的石头上。狼群向那只奶羊飞掠而去，他只听见羊叫了一声，接着看见狼群向远处飞掠而去，而马路上空空如也，连那只奶羊的影子也没有。狼群在快速奔跑中把一只奶羊裹挟而去，他被吓坏了，许久都回不过神。

北湾为什么会突然出现那么多的狼呢？

狼 殇

人们猜测：是白狼指挥狼群干的。

有人说，白狼是会报复人的，谁看见过它，谁就会遭到它的报复。前几天，那位猎人看见了白狼，它在一个隐蔽处躲了几天，现在又出来了，而它出来要干的第一件事，就是报复看见过它的人。

又有人说，白狼只指挥狼群害人，它是不会出现的，不用害怕。

那位猎人未得手后，又在树林里埋伏，终于等到了一只灰狼。他想等白狼出现，但又不想放弃得到一张狼皮褥子的机会，便瞄准灰狼扣动了扳机，灰狼一头倒在地上。本来，白狼已经让人胆战心惊，很多人都不去打狼，但为了一张狼皮褥子，猎人还是把那只灰狼打死了。他把灰狼扛回家，给邻居传话："明天到我家来吃狼肉抓饭，好好招待一下你们。"

猎人与白狼很快就重逢了。

当天晚上，一团影子射出两束绿荧荧的光芒，由远及近，到了猎人的家门口倏然熄灭。人们都已熟睡，丝毫不知有一个神秘的影子已接近了村子。

月亮洒下一丝光亮，那团影子被照亮，是那只白狼。它望着猎人的房子，不多一会儿，突然长嗥起来。

村里的人被吵醒了，那长嗥是狼嗥中最凄厉的一种，让人觉得它的喉腔里传出的不是声音，而是怒火。人们点起火把，朝它发出嗥叫的地方寻找过去。他们知道狼怕火，用火可以把狼吓走。

人们慢慢接近，看见它真是一只白狼。它也看见了人，也看见了人手中的火把，但它并不害怕，只是用愤怒的眼光看着人们。这就是白狼与普通狼的不同，它不但不怕火，还可以怒视拿着火把的人。它身上泛出令人眩晕的白光，让人觉得从它身上弥漫出了一种阴森森的恐惧。

"白狼出现了！"

有人惊呼一声，扔下火把便跑。其他人受到影响，不敢再和白狼对峙，也扔掉火把跑了。

白狼仍在原地停留，并很快又发出嗥叫声。

打死灰狼的那位猎人明白了是怎么回事，但他害怕，躲在家中不敢出来。

白狼嗥叫了整整一晚上，直至天亮，才把身影一闪，不见了踪迹。

第二天早上，那位猎人把那只灰狼背回树林，放在了一块石头上。下午，他到树林里一看，狼尸不见了。他暗暗祈祷，希望白狼能看在他把灰狼背回的份上，不要找他的麻烦。事实上，他想做狼皮褥子是借口，其实是想在村里人面前炫耀一下，以此证明他胆子大，别人不敢干的事，他敢干。但他没想到会引来一只白狼。当白狼发出令人毛骨悚然的嗥叫时，他觉得白狼的爪子已经搭在了他的肩上，那阴森森的牙也要

狼 殇

咬到他的脖子上……从树林里出来，他告诫自己再也不要出风头，尤其不要干打狼的傻事。他已经后悔，并且做了赎罪举动，那只白狼应该不会再出现了。

然而，第二天上午，那只白狼又出现了。它绕过边防连，大摇大摆地向村庄走来，一副不把所有人放在眼里的样子。

它通体泛白，散发出阴森森的气息。

白狼又来了！

人们乱成一团，纷纷进屋关门。看来，猎人打死了一只灰狼，白狼便不会轻易放过罪魁祸首，一定要报复一番。人们都恨那猎人，希望白狼单独找他算账，至于别人，都与此事无关，最好放过大家。

那猎人把那只灰狼背回树林后，仍心有余悸，而且有一种不祥的预感，打算躲到哈巴河县城去。他心想，白狼再厉害也不会找到哈巴河县城，自己在那里躲几天，也许事情就过去了。但他尚未动身，白狼就又来了，他便无法脱身了。

白狼走到村庄边，大声嗥叫起来。人们很害怕，但谁也没有办法把它赶走，村庄陷入了恐惧中。

那猎人反而变得很冷静，就在白狼向村庄走来时，他立即去边防连报告消息，村里人是没办法收拾这只狼的，只有边防连的人可以用枪把它打死。由于边防连距村庄有一段距离，他还没有跑到边防连，白狼已经进了村庄。

白狼先冲进马圈，在一匹马跟前嗥叫乱窜，马受惊，从马圈中挣脱而出，往村庄后的荒野里跑去。马想甩掉白狼，但白狼的速度比它还快，不停地在它后面嗥叫，并不时做出要扑上去咬它的架势。马越跑越快，离连队越来越远。

"马上当了！"一位老人看到这一幕，发出一声感叹。

原来，白狼借用恐吓之势将马赶离村庄，让它跑出人们可救援的范围，然后才伺机撕咬。果然，白狼觉得已没有什么危险，便一跃而起咬住了马的后腿。马本能地一扬后腿意欲踢白狼，但白狼早有防备，巧妙地躲到了一边。

很快，白狼又向马的另一条后腿咬了一口。马开始摇晃，奔跑的速度慢了下来。白狼瞅准机会咬住马的脖子，马无法再奔跑，开始在原地打转。一马一狼扭打在一起，沙土被它们踩得扬起一团灰尘。最后，白狼扯断了马的喉管，马倒在了地上，白狼俯身扑下。荒野变得平静下来。

等边防连的人赶过来时，白狼早已不知去向，那匹马的肚子被撕开，肠子被扯断，沙土上留下一条骇人的血痕。

第二天，那猎人才回到村庄。他与人们聊起关于白狼的这件事，人们听他讲得神乎其神，很惊讶地问他："村里很平静，根本没有出现过白狼！"

他说："怎么可能，我和你们都参与了这件事，我们一直在一起啊！"

人们更惊讶，对他说："你前几天生病发高烧，躺在床上昏迷不醒，还说了很多胡话，今天早上才起来的，怎么会发生你说的那些事情呢?"

他颇为诧异,难道这几天什么也没有发生吗?

迎接死亡

一群黄羊在前面走,后面有一群狼在跟踪。

它们一前一后,穿过河流、草滩和峡谷。黄羊始终没有觉察,狼始终没有暴露。

最后,它们就到了这座山上。

山上怪石林立,有深不见底的悬崖。但这样的地方是黄羊的福地,它们善于跳跃奔跑,从一块石头到另一块石头,飞一般便可跳跃过去。

狼无法攻击黄羊,但它们并不放弃,仍在等待。

天黑后,先是起了大风,后又下起了大雪。这是一场不常见的大雪,风不停地刮着,雪越下越大,仅一夜时间,便在地上积了一米多厚。

下山的路也被封死。

天亮后,狼群才发现路被积雪淹没,黄羊也不知去向,整个山冈安静得没有一丝声响。黄羊对天气变化很敏感,它们在起风时,便知道要下大雪,早已转移到了河谷地带。河谷地带有枯草,即使下再大的雪,黄羊也可以找到枯草。而这群狼因为等待捕获黄羊，所以死死守在山上，错过了转移时机。

按照狼的智慧，它们应该发觉黄羊离开时的动静，虽然无法扑向黄羊，但它们的眼睛早已将黄羊死死锁定，不会轻易让黄羊偷偷溜掉。只因为夜间的风刮得太大，雪下得太大，狼群依偎在一起互相取暖，没有听到黄羊下山的动静。

第二天，雪下得更大，地上的雪积得更厚。

这样的天气如果持续下去，就会变成雪灾。

狼群身陷绝境，必须尽快下山。但它们颇为谨慎，先将一块石头推了下去，山坡上飘起几层雪沫后，石头不见了。山下的深渊被积雪掩盖，如果它们掉进去，便会窒息丧命。

狼并不怕雪，甚至在平日里很喜欢雪，但现在的积雪，每一处都有死亡陷阱，它们绝望了，只能长嗥几声。

忍受了一天，一个严峻的事实摆在了它们面前，如果再吃不上东西，它们就会饿倒在山上。因为这场大雪，山上的动物已全部下山，它们没有任何可捕食的对象。一只鸟儿从它们头顶飞过，发出怜悯的叫声。群狼实在太饿了，在石头上蹦跳，想抓住鸟儿。鸟儿吓坏了，鸣叫几声，惊恐地飞走了。

也难怪，一场大雪让狼与世隔绝，它们只要一步不慎，就会有生命危险，所以，一只拥有自由的鸟儿便让狼变得急躁，以至于失去理智，想把它抓住吞掉。

鸟儿飞走了，山上复又变得寂静。

狼 殇

一只狼想了一个办法：爬上一棵树，然后跳到另一棵树上，照着这个办法，从山上就可以下到山底。众狼觉得这个办法可行，它便向一棵树上爬去，但因为浑身无力，两只前爪抓在树身上，犹如抓在冰面上一样滑了下来。

它没有力气，无法爬上树。

狼群失望了。

头狼吐出腹内残存的食物，让那只狼吃了下去。为了让它有足够的力气爬上树，另两只狼也吐出了食物。头狼的这个办法不错，在这样的处境下，必须集所有狼之力到一只狼身上，让它利用树木跳跃下山。如果这个办法可行，对其他狼可起到鼓舞作用，所有的狼都会爆发出力量爬上树。

那只狼吃完东西有了力气，很快爬上了一棵松树。它在树枝上停留了一会儿，断定自己可以跳到另一棵松树上，才跳了出去。但它饿了很多天，没有足够的力气支撑跳跃，"咣"的一声掉入积雪中，像一块石头一样向山下滚去。因为摔下的惯性太大，加之没有能够稳住自己的力气，它很快便掉下悬崖，摔死在崖底的石滩上。

狼群一阵乱叫，再也想不出下山的办法。

少顷，头狼向狼群嗥叫了一声，狼群马上安静下来。这只头狼在狼群中最为高大，尤其是头颅，比所有的狼都大。它的双眼因为饥饿布满了血丝，但此时看着狼群的眼神充满了柔情。作为头狼，它知道自己该负起使命了。它从那块石头上走出去，慢慢走出去探路。再等下去，不是被饿死，就是被冻死，所以必须探出一条路，尽快下山捕食。

狼群紧张地望着它，一片粗喘声在它身后回荡。

雪仍然落着，积雪垒成了一堵死亡之墙，要把每只狼都困死。

头狼小心翼翼挪动着爪子，慢慢向下探路。在这样的情形下探路，只能靠运气，前方积雪下有可能是山坡，也有可能是陡峭的崖壁。生与死，希望与绝望，仅仅只在一步之间。

一只乌鸦从狼群头顶飞过，发出一声嘶哑的鸣叫。这只乌鸦的叫声充满警觉和不安，头狼听到后，心中有了不祥之感，但它已无法回头，作为头狼，在这种时刻哪怕有生命危险，也必须向前，也许只有它的死才可以换取狼群的活。

正如所有狼担心的那样，头狼没走几步，地上突然腾起一团雪浪，它便不见了。原来，这里有一个陡坡，陡坡下是一个峭壁，因为积雪太厚，头狼无法判断出陡坡的具体方位，两只前爪踩空后便掉了下去。

很快，山下传来头狼沉闷的嗥叫，继而复归平静。那只乌鸦发出一声颤叫，身子飘忽着飞远了。这件事从头至尾都被它看在眼里，其结局也早已在它的预料之中，但它只能鸣叫着给头狼提供信息，无法阻止头狼走向危险。

狼群一阵骚乱，头狼死了，恐惧像无形的绳索紧紧勒住了它们。在狼的生命中，除了瘟疫和雪灾外，还没有什么让

狼　殇

它们无可奈何。有一年，阿勒泰草原上的狼群染上了瘟疫，狼不明白，为何一只又一只狼莫名其妙地倒下，而且很快腐烂，吸引来一团团苍蝇飞上飞下。它们飞奔逃离那片草原，钻入一片树林之中。瘟疫却像紧紧跟随的魔鬼，很快，又有一些狼倒在了树林里。无奈之下，它们又向古尔班通古特沙漠迁徙，但额尔齐斯河横在了它们面前，如果不涉河而过，它们就得留在河北岸，而河北岸的空气中似乎充满了死亡的气息，过不了多久，它们就会全部倒下。没有犹豫，它们拼命游过了河，去了古尔班通古特沙漠之中。狼群涉河而过时，河水冲去了它们身上的疫菌，它们居然都痊愈了。狼不知道这里面的原因，担心了很多天后才放下心来。

现在，这群狼为积雪感到恐惧，加之丧失了头狼，只是蹲在石头上一动不动，不知有什么办法可以下山。

它们挤在石头上挨着时间，变得也像石头一样，就这样熬过一个又一个夜晚。因为没有进食，茫茫黑夜越来越难熬，饥饿变得像一团在体内窜来窜去的火，像是要把它们烧死。它们想大声嗥叫，但当它们张开嘴，发现发不出任何声音。饥饿还使它们产生了幻觉，觉得有兔子跑到了嘴边，等它们略为清醒后才发现，是同类的头靠在了自己身上。

狼群好不容易熬到天亮，将身上的落雪抖落干净，发现一夜之间，山上的雪更厚了，那些树在前几天还露出半截，现在却只露出树顶的枝条，变得像小草一样。至于那些石头，

狼之士

早已被积雪掩盖得没有了影子。

狼群探路的希望彻底破灭。积雪遮蔽了山冈,一步之外就是死亡深渊,迈出一步,就等于迈向死亡。

那块石头是狼群唯一的依靠,它们必须待在石头上。雪仍然下得很大,石头上很快又落上一层雪。它们不时地摇动身躯,避免自己也被大雪掩埋。同时,它们用爪子将石头上的雪推下去,这样就可以使石头上干净,也可保证它们不被冻得倒下。

一天,两天,三天……好几天过去了,雪一直没有停,山冈上的雪越积越厚。每一只狼饿得饥肠辘辘,两眼不停地冒着金花。虽然狼群以不踏入雪地的方式躲避了死亡,但饥饿是死亡的另一副面容,正虎视眈眈地盯着它们。

怎么办?这些狼想不出求生的办法。

在这样的天气里,狼群没有捕食的机会,饥饿正一点一点变成死亡的判决,一个软绵绵的大网在它们身上越收越紧。

又熬过了一天,有三只狼趴在石头上起不来了,其他狼虽然可勉强站立,但眼中充满无奈和绝望。如果再吃不上东西,它们最多熬到明天就会全部趴下,大雪会把它们淹没成几个雪包。以前发生过狼被冻死的事情:一只狼很多天都没有喝上水,当它找到一个湖,便兴奋地踩破冰、踏入湖中喝水,它畅饮一番后,却发现自己无法动弹了。原来,因为天太冷,就在它喝水的间隙,它的四条腿已被冻入湖中。它绝望地嗥

狼 殇

叫了几天几夜,最后被活活冻死。整整一个冬天,它固定在冰湖中,很多动物看到后都很惊恐,远远地便躲开。

被困在山上的这群狼如果找不到下山的路途,或者再吃不上东西,到最后也会变成积雪中一群保持着固定姿势的冰雕。

熬到下午,一只老狼爬到狼群中间,发出几声嗥叫,然后趴下了身子。它的意思是:自己已经老了,为了让狼群活下去,它甘愿让狼群把自己吃掉。这样的事在别处也发生过,在一群狼面临被饿死的关头,一只老狼为狼群奉献了自己,让狼群活了下去。现在,这只老狼做出的这个决定,或许可以把狼群从死亡边缘挽救回来。

狼群一阵骚乱,围着那只老狼乱嗥,最后走到它跟前,咬断它的喉咙,撕扯开它的皮肉吃了起来。

几天后,雪停了,山上的积雪在太阳照射下消融,山冈又显露出原来的模样。

狼群顺利下了山。

狼 之 殉

一只狼在仰天长啸,一条腿被猎夹紧咬。它最后咬断了自己的骨头,带着三条腿继续寻找故乡。

狼　殇

牦牛头上的狼尸

一只狼露出獠牙，双眼紧盯着一头牦牛。

牦牛在吃草，狼想咬死它，吞食它的肉。

狼已饥饿很久，发现这头牦牛后便紧紧尾随。牦牛健壮，走动时四蹄踩出"咣咣"声响，尖利的双角亦让人骇然。但狼不怕牦牛，它只要等到机会，就会把牦牛咬死。

牦牛一直在吃草。

狼的眼睛已经发红，但它绝不妄动，仍紧盯着牦牛。牦牛吃饱后去河边喝水，随后长久凝望远处的雪峰。牦牛喜欢欣赏风景，往往会对一个地方凝望很久，而且一动不动。

狼在等待。

太阳已经升起，草地上泛着一层亮光。从山坡上走来一群牦牛，像潮水一般涌到了草地上。

有几头牦牛的角很长，嘴还未伸到草跟前，角却先触到了地上，这样，它们就不得不把头弯下，歪着脑袋把草吞到嘴里。

从远处看，牦牛犹如无数小黑点。

很快,这些小黑点像是被什么掀动,涌起一层细浪。

牦牛开始了激烈争斗。

狼很奇怪,牦牛正在吃草,为什么突然聚拢在一起,先是冷冷地盯着对方,像是怀疑对方并非同类,过了一会儿,不知是哪头牦牛嘶叫了一声,整个牦牛群便混乱起来,里面的牦牛在努力向外冲,而外面的牦牛在拼命往里涌。草被它们踏倒,水也被蹄子踩起,带着泥巴黏在了它们的身上。

狼紧张起来。

从牦牛的架势上,狼感觉到一股杀气。

狼希望它们互相残杀,把对方都弄得血肉横飞,那样的话,它便更加有机可乘。有一只狼就曾遇到过这样的好运:有一段时间,牦牛尾巴做成的掸子很畅销,有人拿着刀子悄悄走到牦牛身后,一手将牦牛的尾巴提起,另一手举刀将尾巴砍下。牦牛痛得狂奔而去,撞在一块石头上死去。人拿着牦牛尾巴走了,一只狼从树林里走出,撕扯开牦牛的肚子吞吃了一顿。

很快,狼希望的事情发生了:牦牛互相碰撞,不一会儿便用角去刺对方。它们的角像利刃,在对方的身上划出口子,血很快就流了出来。牦牛都很兴奋,"呜呜"叫着向对方凶猛攻击。在进攻中,有的牦牛不时被对方的角刺中。

渐渐地,有一部分牦牛受伤,有一部分牦牛体力不支,慢慢退到了一边。

狼　殇

　　它们血流如注，不停地战栗，但它们仍很兴奋，看着那些仍在战斗的牦牛。

　　那些尚有战斗力的牦牛显然是这群牦牛中的佼佼者，虽然它们身上已有多处受伤，甚至鲜血已经染红了身体，却没有要退下的意思。

　　牦牛们再次冲撞。

　　不论怎样的战斗，历来都是残酷的，它要求参战者舍生忘死，而结局无外乎只有两种：要么胜利，要么战死。至于胜利者，也难免在战争结束时变得伤痕累累。

　　很快，又有一批牦牛败退下去。

　　过了一会儿，第三批失败者也退了下来，留在战斗场上的都是胜利者。正是因为它们是胜利者，所以接下来的战斗更激烈，也更残酷。每一头牦牛都在猛烈攻击另一头牦牛，很快，又有几头牦牛退了下去。有一头健壮的牦牛不甘心，为自己的结局争取一分机会。立刻，就有两头牦牛向它发起了攻击。四只尖利的长角刺进了它的肚子，在"噗噗"的响声中，它轰然倒地。

　　剩下的几头牦牛，成为最后的胜利者。

　　它们扬着头长嗥几声，向伫立在远处的几头牦牛走去。

　　这时候，狼才发觉那几头牦牛一直伫立在那儿，静静地观察着刚才的战斗。狼不知道它们为什么不加入战斗？从它们的体形上看，它们有可能都是母牦牛。就在狼这么想着的时候，它们中的一头叫了一声，那几个胜利者走到它们面前，用嘴去吻它们。

果然，那几头牦牛是母牦牛。

母牦牛像是已经等待了许久，与胜利者依偎在一起。胜利者发出喜悦的嗥叫，母牦牛用嘴舔它们伤口的血，舔完，便头抵着头与它们缠绵在了一起。过了一会儿，母牦牛兴奋起来，静静地站着，让公牦牛从后面爬到自己身上，完成交媾。

至此，狼才明白，母牦牛在远处发出了情欲信号，但因为母牦牛只有几头，所有公牦牛便为之奋争，掀起了一场你死我活的争斗。

现在，结合的公母牦牛沉醉于幸福之中。那些从战场上退下的失败者，此时都悄悄地把头扭到了一边。过了一会儿，除了一只牦牛外，其他牦牛都去了远处，在荒野中又变成了小黑点。

狼躲在一块石头后面，一直在等待，丰富的进攻经验让它明白，这只毫无防范的牦牛一定会让它得到最佳的进攻时机，那时候，它只需突然蹿出，一口将牦牛的喉管扯断，就会让牦牛轰然倒地。牦牛的力气大，狼不会与其硬拼，只会选择致命处一举歼之。狼对付牦牛这样的大动物，自有它的办法。有一次，一群狼围住一头牦牛，但牦牛高大雄壮，加之还有一对尖利的角，所以，狼无从下口。很快，狼群想出了一个办法：它们从四面佯攻，让牦牛慌乱打转，一只狼瞅

狼 殇

准机会，扑过去咬一口它的蹄子，然后迅速返回，过一会儿，另一只狼又扑过去咬一口它的蹄子，复又迅速返回。就那样，狼群把牦牛的四只蹄子咬得鲜血直流，直至牦牛因为失血过多倒了下去。

现在，这只狼也稳操胜券，内心充满对牦牛的杀戮欲望。

过了一会儿，几只乌鸦飞过，发出聒噪的叫声。牦牛听见乌鸦的叫声，抬头向天空望去。乌鸦叫过几声后便飞走了，但牦牛仍在望着乌鸦的影子，似乎希望它飞回来。

牦牛分神了，这是狼最佳的进攻时机。

狼从石头后面一跃而出，大张着嘴向牦牛扑过去。它的速度很快，野草被它碰得东倒西歪，翻起一层绿色波浪。但是狼轻敌了，牦牛像是早就预测到了它的进攻，迅速将身子一扭，用一对尖利的角对着它，只等着它扑过来，便刺进它皮包骨头的身体里去。

狼不服气，嘶叫着又向牦牛逼近。

狼是忍受不了耻辱的动物，而且不会轻易改变意图，一旦出击，都要拼死一搏。狼数次进攻，牦牛数次将它击退。

狼粗喘起来，并不停地嗥叫，寂静的草滩仿佛也随之在颤抖。

牦牛咆哮几声，地上的沙砾被它踩得乱飞，飘出纷乱的幻影。牦牛被狼一次次地扑咬激怒了，浑身像是充满了爆发力，恨不得用双角一下子让狼丧命。

狼之殉

很快,牦牛占了上风,把狼逼到了它刚才藏身的那块石头前。曾被它利用过的石头,现在却被牦牛巧妙利用,它已无路可退。

狼的内心涌出不祥的预感。

狼内心的崩溃往往证明,事实已糟糕到了无法挽回的地步。牦牛扬着两只角,一头刺向狼。

狼的双眼中布满惊骇。

牦牛的力气很大,一下子便用双角刺中了狼。狼眼里闪过一丝屈辱,但来不及做任何挣扎,便被牦牛的双角刺穿了身体。然后,牦牛头一扬,将狼挑了起来。

牦牛用力太猛,狼被它高高地挑起,起初还有叫声,后来便软软地挂在牦牛角上,不再有声响。

狼死了。

这只被牦牛用双角刺死的狼,是狼的死亡法则中的一个意外。从此,狼的尸体便挂在牦牛头上,随着时间流逝,狼的皮肉腐烂脱落,只剩下了一副狼的骨架。

牦牛似乎戴了一顶白色头冠。

这意外的"装饰"并非牦牛本意,它对狼的反杀,只是想要一次胜利。然而,它不知道一次意外的决斗,在最后留下了一件纪念品,并要永驻于自己头顶。它很快便习惯了头部负重,不再觉得自己头上有东西。有些动物看见它头上的狼尸,惊异地叫着跑开,而大多数动物则无动于衷,看它几

狼 殇

眼后又去吃草。

有一次，牦牛经过一片树林，一根树枝挡住了去路，它习惯性地用角去撞树枝。以前遇到这样的麻烦，它都用这种办法解决，但现在不一样了，它双角上的狼尸不能帮它发挥出作用。它猛烈撞上去，却如同触及软物，树枝仍横在那里，它不再理那根树枝，侧身走了过去。

牦牛错过了一次反思的机会。

牦牛走出树林后，与一群狼相遇。

牦牛停下，怒视着狼群。它以为狼群要扑过来撕咬自己，便把头低下，将双角对准了狼群。在此时，牦牛只知道自己头上有一对尖利的角，还没有意识到角上还挂着一具狼尸。

狼群的叫声哑了。

牦牛不打算逃跑，虽然狼的数量多，但它对自己尖利的角很有信心，只要狼敢进攻，它会毫不客气地刺穿它们。它与狼群对峙，如果狼群不识时务，必将付出死亡代价。

狼群没有进攻，同类的尸骨挂在牦牛头上，对它们来说是极大的耻辱。它们不知道同类的尸骨是怎样挂到牦牛头上的，但它们断定一定是这头牦牛杀死了它，为了炫耀，还把尸骨挂在了头上。

狼群躁动不安，又开始嗥叫。狼死后是不能让遗体存留于世的，活着的狼会把死去的狼吃掉。但现在，同类的尸骨挂在牦牛头上，狼群不知该如何是好。

对峙了一会儿,狼群怪叫着离去。

牦牛站在原地不动。它没有意识到狼群的奇怪反应,更没有意识到自己头上有一个隐秘的世界,它已经打乱了固有秩序,并改变了两种动物的生死常规。

几天后,牦牛到河边喝水,从水面上看到了自己头上的东西——那只狼。此时,狼的白骨裸露,显得更加可怕。牦牛对不久前的那场杀戮记忆犹新,所以在这一刻,它觉得狼仍然在和它对峙,更要命的是,狼居然在它头上,它自己却不知道。

牦牛转身从河边跑开。

牦牛内心充满疑问:那只狼的尸骨为何会在自己头顶?它会咬自己吗?牦牛不具备分析事物的智商,只觉得那只狼在自己头上,随时会咬自己。

如同刀子悬在头顶,牦牛吓坏了。

牦牛因恐惧再次愤怒,想用疾跑的方法把头上的"狼"甩下来,但任凭它怎样努力,狼的尸骨像是长在了它的头上,始终纹丝不动。

最后,牦牛跑累了,无可奈何地在一块草地上左右转圈,并发出急躁的嘶叫。"狼"在它头上,它无论如何都甩不掉,它恨不得一头撞在石头上,把头上的"狼"撞死,也把自己撞死,那样的话,它就再也不会恐惧。

后来,牦牛慢慢平静了。

狼 殇

但牦牛不愿去河边喝水,它不惧怕死亡,却害怕水中那阴森森的倒影。

忍耐了几天,牦牛走过一个山脚,山上有一处小瀑布,有水从高处流下。它向上仰望,判断出只需仰起头就可以喝到水。以前,它曾那样享受过一次,瀑布清凉甘甜,从高处落入口腔,浸入喉咙的过程无比美妙。

牦牛精神振奋,迈动四蹄向山上爬去。

但牦牛的命不好,经过一个狭窄的岩缝时,突然觉得自己的头被卡住,无法动了。它用力挣扎了一下,这一用力却坏事了,狼尸被岩缝卡得更死,无论它怎样挣扎,狼尸都卡在岩缝中一动不动。它想看看岩缝是怎样卡住了狼尸,但它的脖子动不了,它知道在自己的头顶发生了什么,却丝毫无法改变。

它继续挣扎,仍然无济于事。

意外的遭遇和可怕的困境,让牦牛有了不祥的预感。它因为挣扎,脖子已经酸痛,再也没有了力气。一丝阴影从它心头掠过,很快便在全身弥漫出凄冷。

牦牛的双角长进了狼尸中,狼尸卡进了石头中。

它急得乱踢,四蹄与岩石碰撞出火星。

它大叫,狂躁的嘶吼如石头般从喉咙中滚出,附近的鸟儿被吓得纷纷飞离。

慢慢地,它的声音由愤怒变得无奈,由无奈变得伤感,再由伤感变得绝望,最后便没有了声息。

它渴死了。

疯了的一只狼

一只狼疯了!

它疯了后,摇摇晃晃走过草地,走到了村庄旁边,嗥叫了几声。

它的意识已完全混乱。

一位老人正在睡觉,狼的叫声惊醒了他,他顺手摸出床头的柴刀,跑出门去看。附近的人也都被惊醒,不知什么怪物要闯进村庄。狼的叫声一阵阵地传过来,让所有人不寒而栗。

是狼在叫。

夜似乎一下子冷了。

叫声一直在持续,狼却没有进入村庄。人们放松下来,各自回家去了。

第二天早上,狼叫声仍在持续。经过一夜,它的叫声已变得嘶哑,但仍然一声接一声,犹如石头在山坡上不断地滚动。它叫了一夜都不离去,不仅村里人觉得奇怪,连那位老人也颇为诧异,这是一只什么样的狼,为什么一直这样叫?

狼 殇

他们手提木棍和柴刀上山,向发出叫声的地方搜寻过去。

很快,他们便发现了一只狼。

狼困在荆棘丛中无力挣扎,便这样怪叫着。荆棘十分密集,每一根荆条上都长着刺,它被刺得浑身流血,如果再动,荆棘刺还会刺到它身体里去。

"它是怎么进去的?"人们感到不解。

人们对狼没有好感,便说它是一只傻狼,把自己稀里糊涂弄进了荆棘丛中。也有人冷静地分析,认为它是从高处跳下来掉进荆棘丛的。或许有一只它追逐的猎物从这里逃窜,它扑过去意欲将其抓住,不料掉入了荆棘丛中,浑身被扎得血淋淋的,于是便怪叫。

一群人不知该怎么办。

如果把它打死,就要钻进荆棘丛中去,荆棘丛可以把狼刺得浑身流血,人自然也不例外。但如果放过它,就如同放过仇家,他们又不甘心。几经犹豫,他们捡起地上的石头砸它,但石头被荆棘丛所阻,打不到它的身上。这时候,他们发现这只狼很奇怪,它虽然浑身受伤,却像不知道有刺似的仍在乱动,有更多的血流了出来。疼痛让它唯一的本能反应就是怪叫,除此之外,它似乎已没有任何清醒的意识。

有人感叹一句:"这只狼已经疯了!"

没想到他的话很快便得到了验证。狼乱扭乱动,身上又被划出血痕,怪叫着冲出了荆棘丛。人们以为它要扑向人,

狼之殉

便举起刀棍准备打它,它却在地上转圈、打滚,如同身处无人之境。有人向它喊了一声,它没有反应。有人扔去一块石头打在它身上,它还是没有反应。"怪了,这只狼怎么啦,一点儿正常反应都没有!"人们很惊讶,不知该如何对待它。

"这只狼确实已经疯了!"那位老人冷静地说了一句话。

"对,是疯狼!"所有人都坚信这一点。

因为有了这个判断,大家都觉得狼的反应一点儿也不奇怪,一只狼疯了就应该是这样,要不才奇怪呢!

有人突然喊出一句:"疯狼也要打!"

"对,打疯狼!正常的狼都那么可怕,疯了就更可怕了,必须把它打死!"

人们的叫喊声乱成一片。那位老人想制止人们,便说:"不要打,它都疯了,多可怜!"但大家不听老人的劝,手握刀棍向狼扑去,开始了击打。狼被击打得又发出怪叫,从地上一跃而起,人们害怕它嘴里的獠牙,纷纷往一边躲闪。它慌不择路,一头又撞入了荆棘丛中。荆棘丛又像大网似的将它裹在了里面,也让人们无法再下手。

"毛驴子下哈的狼,自己找死!"人们辱骂狼一番,觉得无趣,便下山了。

狼在荆棘丛中仍被刺得怪叫,但人们好像听不见似的,不再回头。

老人用怜悯的目光看了狼一会儿,转身下山。他想,这

狼 殇

只狼是因为什么疯掉的？如果狼像人一样受刺激会疯的话，又是什么样的刺激让它丧失了神智？他知道狼会得病，但疯了的狼还是第一次出现。老人感叹一声：疯了的狼和疯了的人一样可怜！

这只疯狼叫了整整一天。

村里人都在议论这只疯了的狼，一致认为狼吃了得瘟疫的老鼠，所以才疯了。以前村里有一只狗吃了得瘟疫的老鼠后疯了，只要看见人就往上扑，被人们关在一个院子里，不料，它一夜之间在一棵树上留下了让人骇然的牙印。有人扔石头打它，它一口将石头叼起，用力去咬，一副丧失神智的样子。后来，它用头撞树，院子里传出一阵阵沉闷的声响。一天早晨，人们发现它果然把自己撞死了，脑袋上布满血迹。狗疯了真吓人啊！从它疯了的第一天开始，人们便期望它死去，因为它一死，人就安全了。现在，人们也希望这只疯了的狼尽快死去，它虽然不知道吃羊，却会对人构成威胁。平时，狼就很厉害，现在疯了，一定会像恶魔一样可怕。人们设想着它死去的种种可能，譬如掉入悬崖、被哈熊（狗熊）吃掉、饿死、被别的狼咬死，等等，反正人们一致认为，它疯了，也就离死亡不远了。

过了一天，它不但没有死，反而从荆棘丛中走出，左摇右晃地走到村庄附近，然后卧在那里打滚、怪叫。

每家人都紧闭门窗，不让小孩子外出。

狼之殉

这只疯狼走到一条小溪边,不知道跳跃过去,而是把两只前爪伸了进去。溪水中有淤泥,它一下子便陷了进去,浑身沾满黑乎乎的淤泥。它用身体蹭树,不知道它是痒还是不舒服,总之,它就那样不停地蹭着树,整整蹭了一上午。那棵树被它蹭去了皮,它的毛也被蹭下不少。

一天晚上,有一群狼来偷袭村中的羊群。人们发现后,纷纷提着刀棍出来打狼,村中顿时乱成一团。狼群因为没有得逞,站在山坡上不停地嗥叫。村中的狗狂吠着向狼扑去,到了狼跟前,却不敢扑上去撕咬。这时候,那只疯狼突然怪叫着从一片草丛中冲出,像狗一样向狼群扑去。狼群认出它是一只狼,便停止嗥叫,奇怪地看着它。它已经认不出同类,怪叫着扑上去咬它们。一只狼猝不及防,被它咬住脖子用力一甩,便倒在了地上。众狼这才明白它的反常,嗥叫几声,迅速离去。

因为这件事,村里人转变了对疯狼的态度,认为它在村庄附近待了这么长时间,已经熟悉了人的生活,对人产生了某种友好的感情,但还是防备着它,怕它突然从某个隐蔽的角落蹿出来咬人。

人们的担心很快变成了事实,疯了的狼也需要进食。

一天,村中的一只鸡在草地上觅食,疯狼突然从一棵树后蹿出,一爪子将鸡抓住,迅速咬断了鸡脖子。它虽然疯了,但捕食的意识没有改变。它抓住鸡后并不急着吞噬,而是叼

狼殇

在嘴里在村庄周围走来走去，似乎特意要让人们看见它嘴里叼着一只鸡。村里人都看见了这一幕，生气地诅咒它，并下决心要把它打死。它今天嘴里可以叼鸡，明天说不定就会叼人身上的东西，所以必须把它打死！

那位老人一直观察着事态发展，现在，人们要将这只狼打死，他觉得到了自己该出面的时候。这些天，他一直在内心可怜着这只狼，觉得它既然已经疯了，就不应该把它当作正常的狼对待，但村里人不这样想，只要它还在村庄的附近，村里人就会觉得危险无处不在。

老人想，唯一能救它的办法就是将它从这里赶走，危险也就不存在了。但用什么办法呢？他想到了火，狼怕火，只有火可以把它赶走。

入夜，老人点起一个火把，在村庄周围的树林、草丛、河滩中找狼。狼躲在一片草丛中，看见他手中的火把，便往村后的山坡上走去。他举着火把在后面追，并大声喊叫，这样便可以把狼赶得更远一些。村里人看见他举着火把又喊又叫，以为他也疯了，便跑过来看热闹，看了一会儿，才明白他在赶狼。有人说："狼疯了，人也得用疯了的办法去对待狼才有效。不过也好，他把狼赶走，我们就没有什么危险了。"

他将狼赶上山坡后，用力将手中的火把甩出，火把被树木碰得火星四溅，狼因此加快了上山的速度。他大声喊："去吧，不要再回来了，回来就是个死！"

第二天，村里人问他："狼还会不会回来？"

他说："不好说。它疯了。昨天，我用火把吓跑了它，今天，它可能已经忘记了，说不定就又回来了。"

村里人便都准备了火把放在门口，以防疯狼进入村庄。但那只疯狼再也没有出现，每家每户的火把都安安静静地闲置在那儿。

一天，那位老人上山砍柴，再次看见了那只疯狼。它已饿得奄奄一息，更要命的是它一头撞入一棵大松树下的红蚂蚁窝中，身上爬满了红蚂蚁。

老人想把它从红蚂蚁窝中拽出，但看到它奄奄一息的样子，突然觉得把它救出来，就会继续让它承受苦难，还不如就这样让它死去，一了百了。他心里很难受。前些天，村里人要把这只疯了的狼打死，他一直在保护它，不曾想它还是免不了死亡的命运。但不这样，又有什么办法呢？他没有任何办法。于是，他咬咬牙，转身离去。

几天后，他再次上山，那只疯狼已被红蚂蚁啃得露出了森森白骨，但仍有很多红蚂蚁组成忙碌的大军，在它的白骨上爬行。他不忍心看下去，便转身走了。他心想：狼啊，自从你疯了后，你不懂得如何去找吃的，更不懂得如何生存，最后不是被饿死，就是掉下悬崖摔死，不知要受多少罪，吃多少苦。现在，你就这样死了，不用再受罪，其实也挺好。但他又觉得，这只是他站在人的角度的想法，狼会不会这样

狼 殇

想,他不得而知。

当晚,他正在酣睡,突然被一阵奇怪的叫声惊醒。他坐起来细听,却再也没有动静。刚才似乎是那只疯狼的叫声传了过来,但它明明已经死了,为何还会发出叫声?他再也睡不着了,愣愣地坐到了天亮。

早晨,他上山找到那只狼的尸骨,上面仍有很多红蚂蚁不停地爬来爬去。他突然觉得昨晚的叫声是在提醒他,它已经死了,应该有一个归宿。他将狼尸从红蚂蚁窝中扯出,垒起一堆木柴,点燃将它烧了。他的内心踏实了很多:用这样的方式将一只疯狼送走,疯狼便没有在这个世界上留下任何痕迹,从此,这只疯狼的故事便只存在于人们的记忆中。

下山时,老人恍惚听见身后又传来声响。

他一惊,疑惑是那只疯狼又发出了怪叫。

月圆之夜

那只小狼还没有出生时,故事就已经开始了。

母狼的肚子一天天大起来,不能再像以往那样快速奔跑。本来,母狼应该在怀孕后早早挖一个洞穴,在公狼的陪伴下,卧在洞穴里等待分娩。但这一年,母狼生活的这一带有人开矿,每天都有炸矿的炮声传来,它和公狼便不得不到处转移,

狼之殇

期望找到理想的栖身之处。

  它们走了两天,到了一个牧场。牧场后面在修路,有几辆汽车开来开去,空气中弥漫着一股难闻的汽油味儿,使它们有一种想呕吐的感觉。

  于是,它们又返回树林,尽管这里每天炮声轰鸣,但茂密的树木可以藏身,等到母狼分娩后,就可以另觅好的去处。

  安顿好母狼,公狼出去觅食。兔子、野鸡、旱獭等动物都是狼的捕捉对象,只要能捕捉到一只,就可以让母狼两三天不饿肚子。但炮声让所有动物都逃离了树林,公狼接连几天都一无所获,母狼饿得浑身发抖,已没有力气爬起。

  公狼决定去抓开矿的人的鸡。前几天在山顶上,它看见他们买来了十几只鸡,每天都杀一只吃,现在铁笼子里还有好几只呢!公狼悄悄接近那个铁笼子,趁他们不注意,将一只鸡扯出来,叼起就往山上跑。

  开矿的人发现了公狼,在它后面紧追,用最难听的话骂它。但它已经跑上了山,那些人再也看不见它的影子。

  那只鸡被母狼吞噬后,度过了几天日子,但时间久了,饥饿这个难题再次摆在了面前。不得已,公狼再次去偷鸡,谁知开矿的人将它引诱进洼地,引爆了炸药,它被炸得粉身碎骨。

  母狼决定转移。

  本来,它已临近分娩,这一转移,便耽误了挖洞穴的时

狼 殇

机。更要命的是，随着肚子越来越大，它的行走已极不便利。以往，它的行走是多么随意啊，没有爬不过的山，没有蹚不过的河，即使是荒漠，它也能迅疾地穿越过去。但现在，母狼的刚烈像一对收拢的翅膀，为腹中的小狼缓缓落下，它必须缓慢下来，以免危险发生在自己和即将出生的小狼身上。它的骨骼隐隐作痛，那是一种压制奔跑的急切之痛。

后来，它发现嗥叫可以缓解急切之痛，于是嗥叫一声，身体便舒服一些。

除了嗥叫，它还用走动来消耗骨骼的隐痛，但为了保护腹中的小狼，它每走一步都小心翼翼，生怕被树枝挂伤身子，或在石头上摔倒。它已经感觉到了腹中幼子的柔弱，这个世界有那么多坚硬的东西，尚未出生的它们又怎能经得起碰撞。

有一群狼经过，停下来陪伴了它一会儿，还捕了几只小动物供它食用。狼对母狼的关爱之心和人是一样的，也许在狼的内心，母狼也被视为伟大的母亲。在阿勒泰，曾经有一群狼包围了在外打马草的边防军人，因为离边界线太近，战士们不能开枪，只好用刺刀与狼拼斗。指导员刺中一只灰狼，正准备再刺时，另一只狼扑过来趴在了灰狼身上。他一刀刺下去，那只狼不动；第二刀刺下去，那只狼仍然不动；刺第三刀犹豫了一下，便收了回来。他发现，被那只狼护在身下的灰狼是母狼，从它圆形的腹部可看出它怀孕了。指导员深受触动，提着枪退后，狼群随后也嗥叫着向山谷蹿去。

狼之殇

又一个黄昏到来,分娩的阵痛再次来袭。本来,母狼想去河边喝水,刚爬起身便觉得肚子疼。一丝欣喜和紧张泛上心头,它卧下身子,将两条后腿张开,等待着幼子出生。

阵痛一次比一次剧烈,但肚子里的小狼始终不出来。它痛得在地上打滚,可是一两个小时过去了,仍没有动静。

又一阵疼痛后,它体内的狼性复苏,本能地从地上一跃而起,向山冈跑去。在它的潜意识里,跑动可以减少疼痛,它要用这个办法从疼痛的深渊中挣扎出来。

它跑得很快,边跑边嗥叫,等到了山冈上,却发现并没有效果,反而像是有刀子在腹部不停地划动。它绝望了,疼痛将它死死按倒在山冈上。

它浑身发抖,觉得自己似乎幻化成了一团影子,正在离肉体而去。就在它的双眼就要闭上、就要关闭生命大门时,它看见夜空中的月亮又圆又亮,洒下一层晶莹的月辉。它挣扎着爬起来,对着月亮长嗥一声。奇迹出现了,一只小狼出生了。它不敢放松,接着长嗥,又有三只小狼在它的嗥叫声中接连出生。

分娩耗尽了母狼的力气,它软软地趴在地上起不来。四个小家伙趴在它腹下"吱吱"地叫着,表示它们很饿,要它给它们喂食。它没有力气爬起来,只是任由它们乱叫。

一阵风刮过来,树叶发出一阵闷响,四个小家伙的叫声随即被淹没。它挣扎着爬起来,看见不远处有一个树洞,便

狼　殇

将它们叼进树洞中。

看着四个小家伙慢慢爬动，它第一次体会到了幸福。整整一夜，外面大风呼啸，而它内心甜蜜，无一丝困意。

这时候的母狼和人一样，会全身心保护幼子。有一句哈萨克族谚语说：公狼和人抢羊，母狼和人拼命。有一次，北塔山的一位牧民带着狗去打猎，刚好走到了狼窝前，狼窝里有一只母狼和四只小狼。狗狂叫着扑了上去，牧民想拦都来不及了。母狼发出一声长嗥，化作一团光影从狼窝中蹿出，和狗撕咬在了一起。母狼因为护子心切，对狗的撕咬凶猛无比，狗只有招架之功，而无还手之力。最后，狗的一只耳朵被母狼咬掉，惨叫着跑了。那位牧民跟在狗后面跑，先是看见狗满脸是血，大叫一声："我的狗……"继而看见狗被狼咬掉了耳朵，又大叫一声，"我的狗的耳朵……"那只只有一只耳朵的狗从此不敢跟人去打猎，也不敢在人前走动。

这只母狼是幸运的，它产下小狼后没有遇到危险。

几天后的一个早上，母狼外出觅食，四只小狼在树洞中蜷缩成一团。母狼必须尽快为小狼找到食物，否则，它们就会被饿死。狼是哺乳动物，母狼需要用乳汁喂养小狼，但因为母狼的乳汁要在十多天后才会有，所以，小狼只能依靠其他食物才能熬过这一困难时期。

狼的存活状态实际上一直都很残酷，从一出生直至死亡都处于饥饿之中。从前，有一只母狼产下几只小狼后没有觅到食物，回来后，几只小狼被饿死，它痛苦地长嗥一声，将那几只小狼吃掉，然后消失在茫茫黑夜中。从此之后，它每次走过那个地方，都要痛苦地长嗥几声。

这只母狼也是不幸的，它的幼子刚出生就面临了生死存亡的考验。它隔几天便出去为四只小狼觅食，并没有使它们挨饿，但它发现一只小狼吃了东西后仍无比虚弱，风一吹便浑身发抖。它看着那只小狼，眼睛里充满怜悯和不安。

母狼为那只小狼多备了一些吃食，期望它吃了能好起来。但小狼连啃食的力气也没有了，嘴咬了咬肉，便无力地垂了下去。

母狼用舌头舔了舔小狼的脸，叼起它走到悬崖边，头一扬，将它甩下悬崖。狼对生存能力的要求无比苛刻，那只小狼长大后一定会被饿死，所以，母狼便决绝地将它淘汰。

过了几天，附近村庄的人闻到了小狼的气息，悄悄接近了树洞。最近有人收购小狼，一只可以卖到二百元，所以，狼窝里的小狼就是钱。他们观察一番后，决定将三只小狼中的两只掏走。牧民们都懂得一个道理：如果将树洞中的小狼全部掏走，母狼回来后会嗅着小狼的气味跟踪过来，直至找到掏走小狼的人家，而且会大肆报复。曾有人将一窝小狼全部掏走，返回途中到一位朋友家中喝了一壶奶茶，聊了一会儿才离去。但他不知道，因为他这一停留，让小狼的气息留在了朋友家里。母狼跟踪而至，将他朋友家的羊咬死了好几

狼　殇

只，还差一点儿伤了人。这件事让人们警醒：如果在狼窝中留下一只小狼，母狼因为无法分身，便不会去寻找被掏走的小狼。只要过一天一夜，或者下一场雨，小狼的气息就会散尽，母狼便无法实施报复。长时间以来，狼在观察人，人也在观察狼，但人的智商高于狼，所以，狼终究还是免不了被人谋取利益。

那几个人已经看清树洞中有三只小狼，但他们将手伸进树洞后，光线立刻变得昏暗，于是便乱摸。三只小狼尽管才出生几天，却也明白这几个人是来害自己的，所以挣扎着向外逃窜。

按理说，在狼窝最边上的小狼会被人率先抓走，但因为狼窝中光线昏暗，那几个人伸进去的手只能乱摸，另外两只小狼被摸个正着，被用力一扯，拉了出去，而这只小狼留在了树洞中。

那几个人快速离去。这只小狼因为惊恐，在狼窝中发出低低的呜咽声。至此，它才明白发生了什么事。那两只和它同生的小狼已被人掏走，不知命运将如何？

母狼捕回一只野鸡，可供三只小狼啃食两三天，但两只小狼被人掏走了，它愤怒地长嗥，声音穿过树林，传出很远。无奈之下，母狼只好带着小狼离开树洞，重新去寻找栖身之处。这是人所希望的，计谋的大网就在母狼和小狼的头顶，它们没有办法将其冲破。

狼之殉

母狼用嘴叼着小狼开始了流浪。

碰不到可捕获的动物,它们只好忍着饥饿往前走。小狼饿得实在不行了,母狼只好从腹内运起一股力量,呕吐出腹中尚未消化的食物来喂养小狼。

就这样,母狼带着小狼走出了树林,但树林外的沙漠让它们不得不停住脚步。沙漠中没有水,如果走进去,无疑是死路一条。无奈之下,它们向树林一侧的峡谷走去,那里有水,渴了可饮用,另外,母狼判断河岸边的山坡上有旱獭,如捕到一只,可解决饥饿问题。

哈萨克族有一句谚语:母狼带着小狼走,一步抖三抖。对于母狼来说,怀孕和分娩都算不上困难,最困难的是小狼出生后的喂养。母狼生下的小狼较多,意味着需要大量食物。如果它们幸运,没有受到别的动物或人的侵袭,就可以在洞穴中安然度过几个月;如果有危险,母狼就不得不带着小狼迁向别处。

在阿勒泰牧区,有一名叫阿帕卡木的牧民,曾亲眼看见母狼带着小狼迁移的情景。那天,他在柯兰河岸边的一块黑得发亮的石头边饮马,突然看见河中有什么在动,仔细一看,一只狼嘴里叼着一个东西,将头高高地扬起,用力往前游着。阿帕卡木觉得它已经看见了自己,但它毫无惧色,似乎视眼前的他不存在。那只狼游上岸,抖落掉身上的水,从阿帕卡木身边走了过去。阿帕卡木看见它的眼睛里有一股母性的柔

狼 殇

情，再仔细一看，原来它叼着一个羊肚子，里面有五只毛茸茸的小狼，它们还睁不开眼睛。阿帕卡木本来想打那只狼，但一看到那几只小狼便心软了，目视它叼着羊肚子消失在山谷中。

这只母狼与上面故事中的母狼有着相同的遭遇。它用嘴叼着小狼走了几天几夜，在几乎已经没有力气、快要被饥饿击倒时，终于走到了一条小河边。它向岸边挪动，距离一点一点缩短，希望一点一点变大，最后终于到达。

母狼将小狼推到河边，待它喝足了水，才把嘴伸进了水中。腹腔内有了一丝舒适感，信心倍增。本来，狼不喝河水，因为流淌的河水会暴露自己的气息，但这只母狼现在已别无选择，只能狠狠心喝河水。

母狼喝足了水，去寻找旱獭的洞穴。每天上午的阳光铺满大地时，旱獭们会走出洞来晒太阳。出洞之前，它们会先派出一名"探子"。"探子"探出头向外小心张望，直到断定没有危险后才爬出半个身子，并向洞中的旱獭发出叫声。同伴们听到叫声后会立即响应，一边鸣叫，一边走出洞口。

母狼计划在旱獭们出洞后，堵死它们的后路，然后实施捕杀。

但直到中午，仍不见旱獭的踪影。母狼一动不动地趴在石头后面，哪怕时间再长，哪怕自己变成一块石头，也要等旱獭们出来。

狼之殇

然而，一场灾难在悄悄降临。小狼因为饥饿，趴在河边一动不动，远远地看上去，似乎已经命殁。一只鹰在半空中发现了它，便盘旋着观察它。由于母狼没有坚守不喝河水的原则，它的气息被河水带到下游，这只鹰嗅到了，便寻找而来。

鹰是动物中速度最快的杀手，但它们出击前极为冷静，直到断定目标可准确被捕获，才会发起攻击。那些老鼠、兔子、雪鸡和防范意识较差的鸟儿，鹰往往悄悄接近它们，迅速将它们的眼睛啄瞎，然后拖入一个隐秘的地方，杀害和吞噬在那里进行，完毕，鹰会把猎物的皮毛埋掉，将吃剩的肉储存起来。它们的食量不大，之后很多天，鹰便靠储存的肉食度日。这就是鹰经常在固定的地方飞动的原因，经验丰富的牧民只要一看见鹰在同一地方出现，便知道附近一定有鹰储存的肉食。现在，这只天空中的闪电杀手盯上了小狼，它盘旋几圈后，突然以迅猛之势扑下来，用尖利的双爪将小狼紧紧抓住。

鹰想抓瞎小狼的眼睛，然后去叼它的喉咙。但这只经历了生死和饥饿折磨的小狼，在危险来临时爆发出的力量足以使它防范鹰的侵害。它意识到自己受到了威胁，便变得凶恶起来，一口咬住了鹰的一只翅膀。

鹰要把小狼甩开，但小狼死死咬住它不放。

鹰害怕自己被小狼拖入树丛中无法飞起，便挣扎着跑了起来。

小狼死死咬住鹰不松口。鹰因为挣扎，身上的羽毛掉了，

狼 殇

划出几条颤抖的弧线飘落。

如果这只小狼再大一点儿，就不会被鹰抓住了，它就可以一口把鹰的爪子咬断，只可惜它现在还太小，没有能力咬鹰。其实，鹰是属于天空中的王者，但在地上没有优势。有一只鹰用爪子抓入兔子的屁股，意欲等兔子疼痛难忍回头时，抓瞎它的眼睛，然后扭断它的腰，稳稳地将它捕获。但那只兔子拖着鹰跑进了矮树丛中，一根干红柳枝扎进了鹰的胸膛。鹰嘴里发出"呜呜呜"的粗喘声，不一会儿便死了。

现在，这只鹰很无奈。它拖着小狼跑到了悬崖边，想把小狼甩到悬崖中去，但无论它怎样甩，小狼始终都不松口。

小狼知道自己一松口就会掉下去摔死，所以，它便死死咬住鹰的翅膀不放。

鹰慢慢地没有了力气，但鹰不服输，用最后的力气将一只利爪抓入小狼的身体，小狼一声惨叫。但鹰再次失算了，它没有想到疼痛会激发出狼性，小狼不顾疼痛，更有力地咬住了它的翅膀。它们翻滚在一起，惨叫的声音让周围的鸟儿纷纷飞离。

鹰从小狼身体里拔出利爪，抓向小狼的眼睛，一股鲜血飞溅出来，小狼的一只眼睛被鹰抓瞎了。但鹰在这一击之后，似乎用尽了力气，再也无力进攻。

小狼一声惨叫，拖着鹰跳进了悬崖。

如果鹰缓过劲，会抓瞎小狼的另一只眼睛，所以，小狼要和鹰同归于尽。

一团黑影一闪，它们一起掉到了崖底，摔成了两朵骇人的血色花朵。

当晚，山谷中传出一声声母狼的哀号。

嬗 变

连队的一只狗从外面回来，后面跟着一只小狼。

因为狼很小，起初，人们以为它是一只小狗，等它慢慢长大，才发现它是狼。它一张嘴便露出吓人的獠牙，在月圆之夜发出令人毛骨悚然的嗥叫，尤其是一对眼睛，经常发出蓝幽幽的光，把连队的小孩吓得哭个不停。

连队在兵团的一个小地方，听上去好像是部队，但是很多年都在种地。

一只小狼在连队引起了轩然大波。人和牲畜都是狼伤害的对象，现在在连队养一只狼，怎能让人放心？

连队的三才喜欢小狼，提出由他来养它，并保证不伤害连队一人一畜。实际上，连队每家每户都有狗，有的人家甚至养有两条狗。兵团的生活艰苦寂寞，人们觉得养一只狼倒也好玩，便同意让三才养它。

三才家养了七只狗，他每年夏天去放牧时，那七只狗看

狼　殇

护他家的羊，狼从来都无法靠近。三才年轻气盛，想把这只狼也训练成狗。他有时候会产生一个念头，它原本就是一只狼，再加上狗的习性，把它训练好的话，以后一定更厉害。

小狼经过三才的驯养和调教后，基本上没有了狼该有的样子，变得很像狗。时间长了，人们便忘记它是一只狼，就连连里的小孩子也敢伸出手去摸它。

但三才没想到它见过一只狼后，从此就不安分了。

那时候因为狼多，县上每年都要组织牧民打一次狼，每人至少要打死十只狼。三才带着它去打狼，一天，他们围住了一只狼。狼看起来像是要咬人，但一直在寻找机会逃跑。

大家让三才放他的狗出去咬狼。

很快，便出现了让大家颇为惊异的一幕。三才放小狼出去，它一听到狼的嗥叫就变得无比兴奋，也跟着嗥叫起来。那只狼听到小狼发出了和它同样的嗥叫，显得很惊异。狼的反应十分灵敏，很快便断定眼前的这只"狗"是自己的同类，便发出了急切地嗥叫。

大家这才想起三才的这只"狗"并不是狗，而是一只狼，现在见到了同类，转眼之间就从"狗"变成了"狼"。

这是多么可怕的事情！

小狼跑到那只狼跟前，不但嗥叫，还伸出舌头去舔那只狼。人们无奈，只好散开，让那只狼逃走。小狼看着那只狼，流露出亲切之情。大家本以为它会跟着那只狼跑掉，但它回到了三才身边，不停地用身体去蹭三才。三才的脸已被气得乌青，但因为它是经过自己训练的，所以，他说不出一句话，怏怏地转身往回走。

那只小狼跟在三才身后，看上去还是像狗。如果没有人知道它的来历，或在刚才目睹它对一只狼表示出了亲昵，谁会认为它是一只狼呢？

人养狼是很危险的。阿勒泰的一个人养了一只狼，不小心被咬掉了一只手。他叫来打猎的朋友，用没有手的胳膊指着关狼的铁笼子说："你去，用你的枪把它打死。"他的朋友提着猎枪走到铁笼子跟前才发现，狼早已咬断钢筋逃跑了。刚才，他背着猎枪进院时被狼看见了，狼知道自己有危险，情急之下便咬断了钢筋。很多人都不相信这件事，但就像狗急了会跳墙一样，狼急了是会咬断钢筋的。那人气得大骂："毛驴子下哈的狼，你吃我别的地方不行吗？非要吃我的手？我以后咋骑马？咋喝酒？"旁边的人听了忍不住笑，他这才反应过来，赶紧说："吃我的什么地方都不行！"

三才不死心，还想把那只小狼训练成狗。

但小狼见了一只狼后，身上的狼性已然复苏，经常发出尖利的嗥叫，而且不与狗合群，有时候，狗走到它跟前，它会突然扑过去把狗压倒在地。当然，因为它尚未咬过牲畜，所以，它只是把狗压倒在地，并未去咬它们。

然而，它终究还是一只狼。

狼　殇

它昼伏夜出，起初偷吃兔子，后来便去咬鹿等野物。不久，它开始选择牧羊人睡觉后袭击羊群。它翻入羊圈，把羊赶出羊圈，然后咬死，吞食部分或拖走一些。不仅如此，它还像狼一样袭击野生动物，一旦咬死，便像狼一样先喝血，然后才吃肉。

连里的人很生气地对三才说："你打个屁的狼哩，把狼都打到自己家里去了。你赶紧把你们家的那祸害收拾了，不然的话，你就不要在连里混了。"

三才很委屈，当初，自己提出养小狼是大家认可的，现在倒成了他一个人的错。不过当初，他曾保证不让小狼伤连队的任何人，现在这样的事情还没有出现，不能说他的说法是错误的。众人一听他这样的话都叫了起来："现在没伤任何人，要是伤了就晚了！你愿意让它先伤你或者你们家人吗？你如果愿意，把你的老婆先给它！"

无奈，三才决定把它打死。

入冬后的一个夜晚，三才在家里睡觉，半夜被羊圈里的嘈杂声惊醒，是那只狼进了羊圈。他拿起一根棍子冲进羊圈。狼看见三才后怪叫几声，仍然不停地往羊身上扑。三才冲过去打它，羊圈里的羊很拥挤，狼跑不掉，他一棍子打在它身上，它便趴在地上不动了。但少顷之后，它突然扑上来咬住了他的手臂，他将另一只手握成拳头去打它的头，它松开嘴跑了。

三才的一只羊被它咬死了。

狼之殉

它再也没有回来。

连里人觉得三才有私心,狼是钢筋腿、麻秆腰,他既然有棍子,为什么不打它的腰,如果打得准,一棍子就可以让它趴在地上再也起不来。

三才说:"我是想打它的腰和头的,我知道狼的腰不经打,我还想把它的头一下子打开花,但当时羊圈里乱成了一团,羊反而把我的棍子挡住了,所以才没有打准。"

人们于是又开始骂羊:"羊真是傻啊,挡什么棍子嘛,不知道那是去吃你们的狼吗?"

三才有时候也会气愤地骂小狼几句,但一想到它已经走了,心里便也就踏实了。三才说:"那只狼还是很可爱的,它走了后,我还是挺想它的。"

有人问三才:"如果再给你一只狼,你能不能把它训练成一只狗?"

三才说:"那只狼毕竟是我喂养大的,它变坏了,就像家长没有把孩子教育好一样,我是有责任的。"但自此之后,他再也没有见到那只狼,没有机会再补偿遗憾。

几年后的一个秋天,三才和公社的牧业干事一起去看草场。吉普车翻过一个小山包,往下一看,一匹牛犊般大小的公狼领着另一只狼正在山洼里追赶一只黄羊。那只黄羊左冲右突,仍摆脱不了两只狼的围攻。黄羊是最容易暴露的动物,猎人们为它们总结出了一句话:黄羊晚上死在

狼 殇

眼睛上,白天死在屁股上。这是因为猎人们在晚上打黄羊时,会突然对着它们打开手电,黄羊的眼睛不适应强光,便傻傻地站在原地不动,任猎人射击。而在白天,因为它们屁股上有一片白毛,走到哪里都是被追捕的目标。现在,两只狼把黄羊屁股上的白毛作为攻击目标,体型较小的那只狼扑上去咬了一口,黄羊开始摇晃。在平时,因为黄羊对草场践踏得很厉害,所以,狼咬死黄羊可以平衡生态。现在,狼太多,而且每个人都有打狼任务,所以,三才和牧业干事决定打死这两只狼。

他们开着车朝两只狼冲了过去。

两只狼一看出现了吉普车,便转身逃跑。吉普车是机械,狼是害怕的。三才和牧业干事边追边打,追了十几公里,两只狼跑不动了,他们把车停下,准备下车开枪射击狼。

还没等他们打开车门,那只大狼突然转身冲向吉普车,用两只前爪疯狂地去抓车头。牧业干事一脚油门踩下去,吉普车"嗡"的一声从狼的身上轧了过去。

他们下车一看,大狼喘着粗气,嘴里流着血。它的后背有一簇竖毛,是牧民通常所说的狼鬃。长这种毛的狼,是狼群里的头狼,狼鬃可给头狼平添几分威严,所有的狼见了长狼鬃的狼都会低下头去。

不一会儿,头狼死了,但它的嘴仍张得很大,阴森森的舌头和牙齿露在外面。

狼之殉

二人仔细观察头狼，发现它在临死前将前爪死死扣进了沙土中，他们用力拽它的腿，听见前爪处传出"吱"的一声响，才把它的爪子从沙土中拉了出来。

两人唏嘘不已，这家伙的爪子要是抓到人身上，那还了得！好在它已经被打死了，死亡是一种被征服。多少年了，人们打死的狼不计其数，但打死头狼还是第一次，三才和牧业干事很高兴。

他们把头狼弄上车，又开车去追另一只狼。它实际上没有跑多远，追了不到二十分钟，便在戈壁上看见了它。逃跑中的狼是很狼狈的，它一边跑，一边回头看，观察是否已把追击者甩掉。但吉普车的速度比它快了很多倍，很快，他们便追到了它的身后。它突然转身逃向一片沙丘，意欲甩开吉普车。

牧业干事的经验很丰富，知道如果再追，狼选择一条不平坦的路就可以把车甩开，于是，他掉转方向，把车开到沙丘前面，堵住了它的去路。它发现人识破了它的意图，便围着沙丘转圈。牧业干事紧追不舍，向它开枪射击，但开了五枪都没有打中它。

只剩下最后一颗子弹了，牧业干事在等待最佳时机。

那只狼在奔跑中突然转身，向三才扑了过来，三才没有防备，被它扑倒在地。紧接着，三才看见一团黑影也扑了下来。他尚未反应过来，只听牧业干事叫了一声："头狼没有死！"

狼　殇

　　因为那只狼扑在三才身上，头狼大张的嘴被挡住，没有咬到三才。头狼挣扎了一下，因为流血过多倒了下去。

　　那只狼从三才身上爬起，三才一看，是他养过的那只狼。

　　它看着三才，双眸中浮出一丝哀怨。

　　牧业干事没有开枪。

　　它走了。

　　夕阳彤红，大地静谧。

独　行

　　这群狼已经等待了很长时间。

　　牛羊一直没有出现。

　　这群狼为了等待牛羊进入峡谷，已经在峡谷之上的树林里潜伏了很久。

　　今年的天气暖和得晚，羊群进入牧场的日子也推后了很多天，这群狼在等待中已饥肠辘辘。牛羊进入牧场必经下面的峡谷，这群狼只有等待牛羊从峡谷中经过，才能偷偷跟到牧场上，然后再做偷袭的打算。

　　两天过去了，峡谷中依旧没有动静。

　　每一只狼都浑身发软，似乎有绳索套在自己的脖子上，正越来越紧地卡着它们的喉咙，但它们的双眼仍很犀利，似乎随时可喷射出火焰。狼就是这样，遭遇越是困难，便越是能激发出狼性。但它们在潜藏时，哪怕被饿得倒下去，也会不动声色。有时候为了等待机会，即使刮风下雨、寒冷难耐，仍一动不动。

又过了一天，峡谷中仍没有动静。

一只兔子没有嗅到这里有狼，向这边跑了过来。当它发现情况不对时，已经跑到了狼群中间。兔子是狼最喜欢捕食的小动物，它们逃跑的速度虽然很快，但在狼跟前逃不了多远，就会被狼的爪子死死按住。兔子虽然小，但它们的肉很好吃，狼吃上一只兔子后，甘美的滋味会在口腔里存留多日。现在，这只兔子是送到嘴边的肉，一只狼耐不住饥饿，本能地叫了一声，意欲向兔子扑过去。但狼群很冷静，愤怒的眼神像钉子一样，把它钉在了原地。兔子发现这群狼并不想吃它，起身便跑，很快不见了踪影。

狼群又安静下来。

狼群不能吃这只兔子，如果它们扑向兔子，刮过的风会把它们的气味吹向远处，嗅觉灵敏的动物会闻到，树林中的鸟儿也会看见它们，它们多日的努力将付诸东流。

但林中有百兽，狼群还是受到了搅扰。

不远的一个树洞里，一只冬眠的哈熊醒了过来。沉睡一个冬天，哈熊身上的脂肪已所剩无几，而温暖的天气和清新的空气使它很快便饥饿难耐。它爬出树洞，活动了一下身躯，

狼 殇

开始寻找可啃食的东西，但四周除了刚发绿芽的树木，没有可吃的东西。它想起以前在这个季节，人们会种土豆，虽然埋入地里的土豆仅为小块状，但刨出可以充饥。

哈熊决定下山去碰碰运气。

哈熊没走几步，像那只兔子一样，闯入了狼群。哈熊不怕狼，它张开嘴，对着狼群叫了一声。

狼群不出声，怒目瞪着哈熊。

遇到狼，哈熊改变了下山找食的计划，决定弄死一只狼充饥。

意外出现的哈熊让狼群遇上了麻烦，它们不能暴露自己，所以不能和哈熊冲突，只盼它尽快离去，哈熊却无端生出愤怒，要和狼群较量一番。狼群不得不聚在一起，防止它那又厚又大的熊掌拍打过来。

哈熊看见狼群聚成一团，一时没有了进攻的办法。它怒视着狼，开始与狼对峙。哈熊性格粗鲁，是忍耐力最差的动物。过了一会儿，它忍受不了郁闷的对峙气氛，一掌击向一棵树，将其"咔嚓"一声击断，然后又一掌将断枝击飞。

狼群不安起来，哈熊如此暴躁，下一步就要用大掌来拍打它们了，它们必须想办法对付它，否则，它们的计划将会受影响。

狼与狼对视着，思考对付哈熊的办法。

很快，它们决定派一只狼将哈熊引开，让狼群在原地实施原计划。因为已挨饿多日，引哈熊离开的狼很有可能丧命于哈熊的大掌之下，所以，派出去的狼实际上是去完成死亡使命，用它的死为狼群赢得时间。

所有的狼都不安起来。

哈熊已经扬起厚厚的前掌，要扑过来了。

一只狼低低地叫了一声，它愿意去完成这一死亡使命。

所有的狼都望着它，生死离别之情在它们眼中像水一样涌动，同伴们都知道它这一离去，极有可能会被哈熊的大掌拍打成一团肉泥，但它毫无惧色，对着狼群叫了一声，像是在作别。然后，它从狼群中一跃而出，跳到了距哈熊不远的一块石头上。

它用愤怒的目光盯着哈熊。

哈熊被它激怒，大叫一声向它扑过去。它从石头上跳下，向山下跑去。哈熊怎能放过它，转身向它追去。这正是它和狼群所希望的，它将哈熊引开后，狼群就不会再受搅扰，可以继续等待羊群。

它跑得很快，不一会儿便穿出树林，进入峡谷。

它身后的哈熊亦跑得很快，它刚进入峡谷，哈熊便迅速向它扑去。峡谷内宽阔，狼撒开四腿奔跑，很快便跑出峡谷，进入一片开阔地。哈熊追赶的速度陡然加快，很快便像一座大山似的向它压了下来。

它躲闪不及，被哈熊一掌拍打在身上。

狼　殇

　　一股剧痛让它眼冒金花，它倒在了地上。

　　哈熊紧接着又一掌击在它身上，它的腰发出一声脆响，断裂了。它趴在地上哀号，天空和大地在它双眼中越来越黑，很快变成了一个黑色深渊，将它吞没。

　　狼群听到了它的哀号，知道它已命丧于哈熊的大掌之下，它们对视了一下，又无声地趴下身子。它们继续等待，它们的等待是那只狼用死亡换来的，它们必须珍惜。

　　第二天，牛羊进入了峡谷。

　　狼群一动不动，死死盯着峡谷中的牛羊。

　　狼群对这样的情景很熟悉。每年牛羊转场时，牧民都将牛羊归拢到一起，沿山道缓缓行进。不一会儿，灰尘便被牛羊踩起，在山谷中一团团弥漫。平时在村子里，人们没有感觉到有那么多牛羊，此时让它们一起在峡谷里行进，才显示出了牛羊群的强大阵容。

　　牛羊群缓缓穿过峡谷。

　　狼群悄悄尾随在后面。

　　这是狼惯用的方法，它们弄清楚牛羊所要到达的地方后，便就有机会偷袭。有一年，几位牧民赶着牛羊进入一个牧场，一群狼悄悄跟随在后面。那个牧场的草不如前一年，牧民便分开去寻找新的牧场。那正是狼群偷袭牛羊的好时机。它们将其中一人的羊在一夜之间咬死，拖入树林中饱食一顿。过了些天，它们饿了，便又去偷袭另一人的羊。

如此一次次偷袭，居然让那几位牧民的羊无一幸免。到了秋天转场时，那几位牧民愁眉苦脸地说："我们出来的时候有羊，回去的时候两手空空，这一趟出来等于给狼送羊来了。"他们经过总结惨痛的经验，才知道在他们进入牧场的半路上，就已经被狼盯上了，所以，羊才逐一被狼咬死。从此，人们在进入牧场时都很小心，防止被狼跟踪。时间长了，狼知道牧民有了防范之心，便采取隐蔽的办法，观察牧民要去的牧场，然后偷偷跟在后面。这群苦苦等待数日的狼群就是如此。

哈萨克族有一句谚语：有人就有贼，有山就有狼。今年的牧民分外警惕，他们一路观察着树林、河谷、沟壑和草丛，这些地方易于狼藏身，往往在人放松警惕时，会冲出几只狼扑向牛羊，待人反应过来，羊已被狼咬死。但是，让牧民们感到奇怪的是，这一路非常安静，任何地方都没有动静。牧民们反而起了疑心，觉得狼一定改变了策略，在更隐蔽的地方观察着他们和牛羊的动静。

为了彻底摆脱狼，牧民们一改以往的规律，在白天停止不前，让牛羊啃食地上刚冒出的草芽，让狼以为他们到了这儿就不再往前走了，迷惑它们放松警惕。在天黑后，他们悄悄赶着牛羊出发，去了一个让狼群无法找到的地方。

第二天早上，狼才发现上当了。

但牧民和牛羊早已不知去向，它们只能绝望地嗥叫几声，

狼 殇

转身钻入了河边的一片矮树丛中。狼群跟丢了牛羊，它们将面临饥饿的困扰，更严重的是，它们将在别的狼群面前抬不起头，成为一群背负耻辱的狼。

它们不甘心，想去寻找牧民和牛羊，并雪洗遭受的耻辱。很快，它们想出一个办法，派一名独狼去探寻消息，狼群在此等候。这是狼惯用的方法，派出打探消息的只能是一只独狼，它必须勇敢和睿智，找到目标后把嘴插入地缝，发出低缓嘶哑的嗥叫，狼群听到后便聚集过去。

所有的狼都将目光投到了一只狼的身上。

它很健壮，是去完成任务的首选。这只狼有些不乐意，但所有狼的目光像刀子一样刺了过去，它只好低下头，接受了任务。

头狼朝它低低地叫了几声。

它回应一声，便上路了。

它穿过一片树林，沿一条河流开始向上搜寻。它很聪明，知道牧民每年放牧时有两个必选的条件，一是草场，是为牛羊着想，因为草是牛羊的关键食物；二是河水，是为人和牛羊共同着想，因为人和牛羊都要喝水。二者相比，水更重要，往往是首选，因为草到处都有，如果一个地方仅有草而没有水，牧民宁可放弃而再去寻找。这只狼断定牧民一定在有水的地方，所以它逆流而上，去寻找牧民的落脚处。

走到一潭积水边，它嗅到一股怪异的味道。

狼之殇

　　它藏在一块石头后,悄悄观察四周的动静。它无法断定那股味道是什么散发出的,但它断定一定有什么躲在积水处。观察了一会儿,它因为肩负使命,便决定绕过积水继续前行。但它刚从石头后探出身子,积水一侧便钻出一个黑乎乎的家伙,一边嘶吼,一边向它扑了过来。

　　那是一头野猪。

　　这个水潭是野猪的家,此时被这只狼打扰,它便恼怒地要扑过来发泄不快。野猪的牙很厉害,一些动物被它咬住后,"咔嚓"一声便会裂开伤口,血流如注。这只狼没有料到会遇到一只野猪,所以在野猪扑过来时并未迎击,而是迅速躲向一边。平时,狼会攻击野猪,因为野猪不如它们灵活,它们往往会对其喉咙和睾丸等处突然下口。但这只狼现在不想和这只野猪纠缠,在躲过野猪一次进攻后,突然蹿向河对岸,将野猪甩在身后,继续去寻找牧民的足迹。

　　直至走到河水的发源地,狼都没有发现牧民的足迹。

　　它不得不改变方向,到了一座山后。它用了半天时间才从山脚下绕过去,进入一片大草滩。有牧民停留在这儿,牛羊正在吃草,长久都不将头抬起。这儿的草长得不错,可供这些牛羊吃一个夏天。它进入草滩边的树林中,将牧民人数、牛羊的数量以及周围的地形等都详细观察了一遍,直至一一牢记在心,才转身返回。

　　它很快回到了狼群中。

狼 殇

  它带来的消息让狼群兴奋，狼群立刻出发，像一团团黑影似的掠过荒滩，向大草滩行进。有人曾仔细观察过狼的行进速度，它们在捕食时，要比迁徙时快三至四倍，因为在那种时候，捕捉目标也在奔跑，如果发现有狼跟在身后，则会加快速度逃命。所以，一旦锁定目标，狼一定会在短时间内扑到其身上撕咬，让其得不到逃跑的机会。

  三个多小时后，它们接近了大草滩。

  它们并没有扑过去撕咬羊，而是悄悄潜伏在一片沙丘后，观察着大草滩上的动静。狼的冷静在动物中首屈一指，它们不论遇到什么情况，都不轻易暴露自己，更不会让对方看到自己。为此，它们每到一处首先要做的，就是把自己隐藏起来，然后才打量四周。

  这个草滩很大，绿草从低处一直长到远处的山坡上，草滩中有一条河，河水在阳光中反射出明亮的光。这样的地方是理想的放牧点，牧民们已经在草滩中搭起了"霍斯"（帐篷），有蓝色炊烟从霍斯顶升起，在寂静的草滩上飘散。

  狼群断定，牧民们并未预料到它们会跟踪而来，所以没有任何防范。

  这时候，在树林另一侧，那只打探过消息的独狼发现了一只正在吃草的羊。独狼的使命让它格外警惕，也为找到了这个大草滩而心生骄傲，所以，在别的狼都冷静观察大草滩时，它悄悄离开狼群，在大草滩四周悄悄张望，寻找着可以在短时间内咬死的羊。牧民的牛羊都在大草滩中吃草，如果它冲进去，宽阔的地形很快就会将它暴露。它有些沮丧，但无意间发现树林另一侧有一只羊，它激动起来，再次产生了功不可没的骄傲。

如果让狼群吃上一只羊，它就又有了一份功劳。

独狼观察了一会儿，那只羊一直在低头吃草，没有任何防备之心。这儿的草是如此嫩绿，羊正吃得津津有味，又怎么会往别处想呢！

它立功心切，立即回到树林中，向狼群传递了这一消息。

狼群正为无法冲进大草滩而着急，它的这一消息让狼群很兴奋，觉得那只低头吃草的羊在树林另一侧，是牧民防范的误区，咬死羊没有任何问题。

对盛宴的渴望带来更大的刺激，它们向那只羊悄悄围拢过去。那只独狼显得很兴奋，整整一天的辛苦奔波和艰难寻找，终于要在现在有结果了，而这一切无不是它的功劳，以后，它一定会在狼群中有地位，受到众狼的尊重。

但事情并非它们预想的那么简单，这是一只表面看似平静的羊，其实是牧民设下的诱饵，就在狼群猛扑过去、快要接近那只羊时，最前面的一只狼踩在了埋在土中的狼夹机关上，"啪"的一声，它的一条腿被夹住，疼得"呜呜"乱叫，无论如何都不能挣脱狼夹。

另两只狼在奔跑中踩到软绵绵的草上，身子一歪，掉

狼 殇

进了陷阱。陷阱内有尖利的木戳子,它们被刺穿,很快便死了。

狼夹和陷阱,是牧民布置的防狼措施,牧民们知道,如果不收拾狼,一两天后,狼跟踪而来,就只能眼睁睁地看着羊被咬死。而有了这两种办法,他们才能放心地把牛羊赶入大草滩中,然后在霍斯里烧水煮奶茶喝。

这两个办法很管用,在短时间内让两只狼命殁,另一只狼也命在旦夕,狼群吓得转身便跑。它们从未遇到过这样的情景,顿时觉得大草滩中到处布满陷阱,所以还是赶快离开为好。

牧民从隐藏的地方冲出来,用石头打死了那只被夹住的狼。

终于要了三只狼的命,他们很高兴。

牧民们为了解气,更为了让狼害怕,将狼头割下,挂在了牧场边的树上。将狼头或尸身挂在树上,这是所有牧民在打死狼后都要干的事情,也是最解气的方法。

狼群从大草滩跑出后,所有狼的目光都变得愤怒起来,它们认为那只独狼观察不够仔细,犯下了不可饶恕的罪过,按照狼群中的规则,它的死期到了。

那只独狼痛苦哀号,狼群一拥而上,将它围了起来。

很快,它便变成一堆碎骨烂肉。

狼之殉

彻夜长嗥

"狼没有吃我。我还活着。"

男人从雪地上爬起,用手揉揉眼睛,慢慢将眼睛睁开。天还是黑的,但他还活着,他不恐惧了。就在刚才,一只狼大叫一声,从树后扑了出来。他惊叫一声,像一团泥一样瘫在了地上。狼蹿出的速度很快,树枝上的冰凌被碰得甩出去,像明晃晃的刀子。他看见那只狼扑向他,本能地闭上眼睛,世界变得一片黑暗。天本来已经黑了,他闭上眼睛后,所有的一切就都黑了。但狼并没有撕咬他,只是像风一样从他身边蹿了过去。他再睁开眼睛,发现自己还活着。男人心想:看来,黑暗并不一定接近死亡,有时候只是天黑了而已。他又揉了揉眼睛,看清了四周的一切,天很黑,没有月亮和星星,只有他一个人在这片树林里,不知该往哪里去。

他是来打猎的,发现一只黄羊后,便一边追,一边开枪。黄羊非常灵巧,总是能够躲过他的子弹。他在山里追了一上午。最后,那只黄羊在山冈上一晃不见了。他停止追逐,才发现迷路了。他走过峡谷、河滩、山坡和荒地,进入这片树林,便再也不知道自己身在何处,彻底迷路了。树林里的积雪很厚,他挣扎了一下午,都不能走出去。雪一直都在下,而且

狼　殇

下得很大，他的脚印被落雪覆盖，像是他并未在这里出现过。天黑下来后，他一屁股坐在雪地里，不想再动了。这时候，他应该考虑如何度过大雪飘飞的寒夜，但他不想动，也不想任何事情，反正已经迷路了，走出树林又能怎样呢？他断定狼出了树林，树林外有什么，他不得而知，也不想知道。在这么冷的天气里，困在哪里都是死，他不愿再徒劳挣扎了。

树林里沉寂得没有任何声响。

他坐久了，便又想：狼为什么没有吃我？

他想了很长时间，仍想不出答案。

夜更黑了，地上的积雪只有隐隐约约的白色，而夜空中仍在落雪，有无数雪花正悄悄落下，在夜色中堆积到地上。今天晚上又是一场大雪。以前，他喜欢大雪，每逢下大雪的日子，他都喝酒唱歌，在雪地里跳舞，觉得雪是轻盈的精灵，给他带来无比舒适的感觉。曾经有一位年长的牧民发现他对大雪颇为着迷，对他说："睿智的眼睛永远不会失去光辉，美丽的雪花永远不会变得冰凉。"那时候，他觉得大雪是温暖的，他的心也随之变得温暖。但是今天晚上，将如何熬过这场大雪呢？他迷路了，天气又很冷，雪花将不再温暖，会变成冷冰冰的刀子。

他仍坐着不动，有雪花落在身上，一股寒意浸入体内。

他的腿有些冰凉，并隐隐有几丝痛感。他咬紧嘴唇，无奈地笑了一下。他知道自己终将被冻死，现在的冰凉和痛感就是死亡的开始。他抬起头,想看看月亮,但夜空中什么也没有,似乎连月亮和星星都怕冷似的躲了起来。

他的腿更加冰凉、更加痛了。

他爬起来,背靠一棵树站着。"我不能这样等死,能熬多久熬多久,也许后半夜,雪就停了,也许明天早上会有打猎的人经过这里。"这样一想,他心里温暖了很多,腿也不怎么冰凉和痛了。至此,他才明白,人一旦绝望了,身体会更冷、更痛,会被更快地冻死。而反过来说,人心里有了希望,即使天再冷,也会有力量抗衡,让自己熬过最艰难的时日。

他用力跺脚,把脚下的雪踩实,这样既不会冻脚,也会站得轻松一些。

跺了一会儿脚,他发现腿不冰凉了,也不痛了。

他很高兴,把树周围的雪都踩实,并从雪中摸到一块石头,挪到了树跟前。有了这块石头,他站累了可以坐,坐累了可以站。这样一想,他想笑一下,却没有成功,因为他一直在咬着嘴唇。

离他不远的地方,一根树枝因为承受不了积雪,"嘎吱"一声断了,在积雪中发出沉闷的声响。

他没有火柴,否则就可以捡一些树枝来点火,有了火,即使下再大的雪也无大碍。他听一位老牧民说过,有一个人在没有火柴的情况下,居然生了一堆火,度过了一个大雪飘飞的夜晚。他不知道那人用什么办法生了火,在没有火柴的

狼　殇

情况下，能生火的一定是神，而不是人。

他在石头上坐下，背靠树闭上了眼睛。那只狼一去不复返，他已没有危险，所以，他这次是自愿闭上眼睛。他不想再看黑夜了，漆黑的夜色让他的眼睛很不舒服，因此，他想闭上眼睛休息一会儿。

四周仍一片寂静，没有任何声响。

但他知道大雪正在落着，只不过天黑看不见而已。雪就是这样，下得越大，越是没有声响。那些微小的雪花一直在降落，直至把大地覆盖成白色。

他一直闭着眼睛。

他感到雪花正一层层落在自己身上，但他没有睁开眼睛，任凭自己被雪花覆盖。如果一直这样下去，到了明天早上，他就会变成雪人，或者在积雪中只有一个大致的轮廓。那时候，天是明亮的，但他一定看不到了，他会永远留在黑暗的世界中。那样的结局，他并不想要，但他别无选择。他一动不动地坐着，似乎在等待那个时刻，或者说时间在慢慢推动着他，让他一点一点进入那个时刻。

他心里弥漫开一阵寒冷。

他身上落有积雪，天也很冷，但他心里的寒意与落雪无关，是从他心里滋生出来的，像冰一样在他心里慢慢凝固着。

起风了，树枝发出一阵声响，他身上落了一层又一层雪。雪很轻，落下时没有声响，没有重量，但他仍然感觉到雪落了下来。树上的雪落到了地上,而夜空中有无数雪花也在向下落着,像是要完成一次使命。

他仍坐着一动不动。

突然,从树林外面传来一声嗥叫,声嘶力竭,像一块滚动的石头,砸到了他身上。他感觉自己身上又落了一层雪,是这声嗥叫震颤了树枝,让雪落了下来。

他睁开眼睛。

发现四周什么也没有。

他知道嗥叫是从树林外面传来的,发出嗥叫的东西在树林外面,自己是安全的。他仍坐着一动不动,闭上了眼睛。闭上眼睛是不愿意看这个世界,他的世界快要全部变成黑暗,没什么可看的了。

但他又想,刚才的嗥叫是不是那只狼发出的?

这个疑问一经出现,他便再也坐不住了,不但睁开了眼睛,而且站起了身。

他断定是那只狼发出了嗥叫。

他对狼嗥叫的声音非常熟悉,听过一次后,便记住了狼嗥叫的特点。他向树林外张望,他想看到狼,但夜色太黑,他什么也看不到。也许狼只是发出了嗥叫,并未进入树林。他想起村里年长的牧民说过,狼向猎物发起进攻时会嗥叫,嗥叫声刚落,便已经扑到了猎物身上。有时候,它们扑向人时也会发出嗥叫,会把人当成猎物。

狼 殇

他浑身一阵颤抖。

"是那只从我身边跑过去的狼发出了嗥叫吗？"

"它发现了我吗？"

"它要把我当成猎物吗？"

黑夜变得更冷了，他开始发抖。"那只狼一定发现了我，它在这样的大雪之夜吃不上东西，要把我咬死吞噬掉。这片树林里长有肉身者也许只有我，可以让它果腹。只有吃了我，它才可以活下去。它没有理由不吃我，所以，我命在旦夕了。"他内心的恐惧在蔓延着。

他将背贴在树上，从脚边捡起一块石头。如果狼扑过来，他就用石头砸它的头，只要砸得准，一下子就可以把它砸倒在地。

风仍在刮，树枝上的雪不停地落下。

他握着石头，背靠着树，等待狼出现。少顷，他觉得用石头砸狼并非上策，因为要想砸中狼，就得等狼靠近，如果砸不中狼，狼就会一口咬住他，那样的话，事情就变得很可怕了。他向四周摸了摸，摸到了一根粗树枝，他折去多余的枝条，让它变成一根具有进攻力量的木棍。

有了木棍，他心里踏实了。

但狼并没有出现。

他背靠树坐下，一手握着石头，一手握着木棍。狼没有出现，他并不欣慰，反而担心狼在耍滑头。他希望狼发出嗥叫，

狼之殇

只要它发出声音,他就可以知道它在哪里,并且有办法防备它进攻。有一句老话说得好,骂你的是仇人,不骂你的是敌人。只要搞清楚狼的意图,狼再凶,也就不那么可怕了。

他苦苦等待着狼。

狼一直没有出现。

他困了,眼皮疲惫得上下磕碰。这是一种甜蜜的磕碰,就在这磕碰中,一个同样甜蜜的深潭弥漫开来,他渐渐沉了进去。

他睡着了。

风一直在刮,雪也一直落,他一直没有醒来。天很冷,他身上落了好几层雪,但他奔波了一天,已经非常疲惫,所以,他背靠树睡得很沉。人睡着后,这个世界就和他没有关系了。他握着石头和木棍,如果狼此时出现,他不会有任何反应。

直至狼再次发出嗥叫,他才醒了过来。

他站起来,举起石头和木棍,但没有狼,只有狼的嗥叫。上次狼只叫了一声,但这次不一样,它不停地在叫,而且声音越来越大,似乎正在向他走来。他离开树,面对狼发出声音的方向,把石头和木棍握得更紧了。能够再次听到狼的声音,他断定它并未远去,或许已经盯上了他。看来,他和这只狼必然要拼死一搏。他已经一天没有吃东西,但他觉得浑身充满了力气,只要狼露头,他就挥舞着石头和木棍扑上去。

狼 殇

恐惧不但让他忘记了饥饿,而且滋生出了抗争的力气。

狼一直在叫。

他开始耳鸣。狼一声接一声嘶哑的嗥叫像更大的风雪,向他裹挟过来。他挺了挺腰,站直了身体,但他觉得狼的嗥叫更像看不见的利刃,向他刺了过来。

他不能再等了,决定主动出击。

他向着狼发出嗥叫的方向走去,他坚信顺着狼的声音一定能找到狼。树林里的雪很厚,他深一脚浅一脚地往前走,身子一歪,差点儿摔倒。他稳住身体,把脸上的雪抹去,用木棍拄着,继续往前走。但走了没几步,他还是摔倒了,像一块石头一样砸在了雪地里。积雪很厚,他被淹没了。他担心狼会趁这个机会进攻,便迅速爬起,用力捏紧石头和木棍。好在狼并没有出现,它仍在树林一侧叫着,从声音上判断,它离自己还有一段距离,他放心了。

他又往前走,但很快又摔倒了。树林里凸凹不平,有不少石头和坑洼,虽然积雪看上去很平坦,一脚踩下去却让他东倒西歪,一个跟头便摔了出去。他爬起来,决定不再往前走了。天太黑,加之这样的雪地太难走,他不知道自己什么时候才能走出去。如此看来,打死狼的胜算太小,他决定退回到那棵树下去,那里的积雪被自己踩平了,即使狼扑向他,他也可以和狼展开搏斗。

一番挣扎,他回到了那棵树下。

狼之殇

不知为何,狼的叫声越来越小,似乎没有力气发出叫声了。

他背靠树坐下,把石头和木棍放在一边。从狼的叫声看,狼一时半会儿不会出现,他不再担心。他感觉自己身上很热,才发觉刚才折腾了一番,他出汗了。他把衣领拉紧,防止风进去。人在这样的时候出汗,很快就会变冷,会有生命危险。这时,他才发现自己并不想死,一直在挣扎。他笑了,笑出了声。在这之前,狼让他恐惧,觉得死亡已经很近,自己必然会命殒于此。但现在,他明白了,恐惧和死亡不是一回事。他虽然恐惧,但离死亡还很远,怕什么呢?这样一想,他觉得自己并不恐惧了。

狼的叫声越来越小,慢慢没有了声响。

他想,狼一定也被饥饿或寒冷困扰,在无奈地嗥叫。这么漆黑的夜晚,它除了嗥叫,没有任何解决饥饿或寒冷的办法。这样一想,他对这只狼生出一丝怜悯,觉得它也很可怜。

他背靠着树,一丝倦意又袭上身来。

他想睡觉。他已经非常累了,只想睡觉。夜很黑。他用大衣下角盖住膝盖,想好好睡一觉。他想,到了明天早上,也许会有奇迹发生,这样想着,他心里好受了一些,很快就睡着了。

他没有睡到天亮,在后半夜,他被冻醒了。

醒来后,他身上又落了一层雪,他想把雪抖掉,却发现

狼　殇

自己的腿被冻坏了，不论他怎样使劲，都不能再动一下。他向腿部望了望，那两条腿变得有些陌生，也有些模糊。他不解，两条腿还长在自己身上，还是自己的，为何变得如此陌生和模糊呢？

他内心弥漫起一股凄凉。

他不甘，他的腰还能动。他的腰部用力，翻过了身体。他趴了一会儿，用双手抠地，爬到那根木棍跟前，把木棍抓在了手里。他愣了愣神，心想：自己的腿都不能动了，拿着木棍有什么用呢？他发现自己仍怕狼，要握着木棍防狼。狼在，恐惧就还在，无论他腿好或者腿坏，狼随时都有可能扑过来咬他。他侧耳听了听，只有风的声音，没有狼的嗥叫。狼不叫，至少说明它暂时不会出现，不用害怕。

他爬到树前，再次背靠树坐了下来。

夜仍然很黑，雪花在落，却看不清它们落向了哪里。风呼呼刮着，在他脸上割得生疼。一股凄凉弥漫了他全身，他觉得自己熬不到天亮，他绝望了。几片雪落到他脸上，浸出一股凉意。他索性抬起头，让更多的雪落到脸上，让自己就这样被雪覆盖，但再没有雪落下来。他的脸，他整个人，只被黑暗深深包裹。他看不清任何东西，也没有什么能看清他。

他满心悲怆，先是笑了一声，然后就哭了。

眼泪流到下巴上，他感觉到眼泪欲滴不滴的痒痛，但他

狼之殉

没有用手去把泪水弄掉,一直等待着它悬垂了很久,才掉进黑夜中的雪地里。他的下巴不再痒了,变得轻松了,但他觉得自己的心掉进了一个看不清的深渊。

这时,狼又开始叫了。

恐惧像电流一样,倏然传遍他的全身。

他一个激灵站了起来,手握木棍,再次对着狼发出声音的方向,准备迎击狼。但狼叫了一声后,再也没有发出声响。树林外也在刮风,"呼呼"的风声在持续,但狼的叫声再也没有发出,似乎狼仅仅叫出一声后,狼嗥便被风声淹没了。风不仅淹没了狼的声音,也淹没了狼的身体。

他放下木棍。

这时,他才反应过来,自己的腿好了。

他看着自己的腿,许久才确信,自己的腿真的好了,不但站了起来,而且可以走动。他走了几步,确信他仍然可以像以前一样走路。他的腿没有被冻坏,只是麻木了。重获希望的感觉让他想大叫,也想大笑。这时候即使落下再大的雪,他也不冷,雪不再是无情的覆盖,而是对他的抚摸。

他在树下走动,跺脚,身上慢慢热了。

他的心也热了。

天慢慢亮了。树林露出轮廓,积雪显出白色。他目光平和,向树林外望去,这一望才知道,其实他离树林边不远,用不了多长时间就可以走出树林。

狼 殇

他笑了："可怕的黑夜,差一点儿困死我!"

他决定走出树林。虽然他不知道那只狼是否还在,但他一定要走出这片树林。可怕的黑夜,让他在这片树林里无比恐惧,现在天亮了,一切都过去了,他要自己拯救自己,走出这个死亡地带。

他拄着木棍,一边探路,一边往前走。很快,他总结出了一条经验:雪地上凡是有凸起状的地方,下面必然是石头,踩下去不会让人栽跟头。这个办法很管用,他专拣有石头的地方行走,很快便走出了树林。一条紧挨着树林的河出现在他面前,河面已经结了冰,能听见河水在冰下面隐隐流淌。

突然,他看见了一只狼。

它站在冰面上,扬着头,长久都不动一下。有风把雪掠过去,它身上的毛随之翻动,但它仍然一动不动。

他颇为奇怪,这只狼为何不动呢?

许久,他才看明白,它死了。

狼的眼睛睁着,但不动,更没有光彩。它的四只爪子插在冰中,冰很厚,不论它向前,还是向后,都动不了一步。

他明白了,这只狼昨天晚上从树林里出来后,因为口渴,便踩着冰进入了河中。它很饥渴,低下头一番畅饮。然而,那正是河水结冰的时刻,等它喝足了水,才发现自己的四只爪子被冻在了冰中,它用力挣扎,爪子却像长在冰中似的一动不动。它着急了,便大声嗥叫。但无论它怎样挣扎、怎样嗥叫，都无济于事，它的四只爪子仍然在冰中纹丝不动。它绝望了，断断续续叫了一夜。最后，一股冰凉在它身上游动，并逐渐变得巨大，把它彻底裹挟了进去。它被冻死了，最后的嗥叫变成了固定的姿势。

他看着死去的狼，心里的恐惧突然消失了，因为在昨天晚上，这只狼才是最恐惧的。

他没有了力气，跌坐在雪地上。

两条腿的抗争

饿晕了！

饿晕了的是一只狼。

下午，羊群在山坡上吃草，牧民们聚在一起，在议论一件有意思的事：人在寂寞场所，会悄悄伸出内心的舌头，舔吸意念之中的快感。一匹被拴了好几天的马被他们感染，想挣脱脖子上的绳子，结果差一点儿被绊倒。主人走过去抽了它一鞭子，它却欢快地嘶鸣起来，引得周围的羊都不解地望着它。受虐之后，反而变得快乐，马为何会如此？

这只狼就是在牧民们谈兴正浓时，悄悄接近了羊群。

事实证明，狼那样做是极不明智的。谁也不知道狼有怎样的思维，所以，人们后来谈论的时候，始终找不出狼那样

狼 殇

做的原因。

这只狼从中午就开始行动了。

天上的太阳慢慢从东向西，树木的影子也随之移动。狼让树木的影子遮住自己，然后一点一点往前爬，从一棵树的影子里移到另一棵树的影子里。

它必须忍受饥饿，必须保持冷静，才能不动声色地偷袭。

这只狼很会利用地形，太阳光照的角度、树以及树的影子，都被它巧妙利用。它和树的影子浑然一体，只能看见黑乎乎的一团，不能轻易发现潜伏的它。它认为万无一失，只需循序渐进即可。它也许还揣摩出了牧民的心理：人都是大意的，固有的习惯会让他们疏忽细节。比如现在，在牧民们眼里，大地上所有的东西都有影子，所以没有人会留意树木的影子，更不会去怀疑树木的影子里隐藏着什么。这样的想法多少带有自我安慰的成分，但对于一只长久潜行的狼来说，却可以减轻心理压力，确实是好事。

整整一个下午，这只狼在耐心地实施着一次偷袭。

有一句哈萨克族谚语说："刮过的风没有影子，经过村庄的狼不会走空。"狼的偷袭办法很多，常常让人防不胜防。曾有三只狼去偷袭一家人的羊群，它们知道难以得逞，于是，其中两只从正面接近羊圈，故意弄出声响，引得那家人去追打它们，另一只狼则进入羊圈，咬死一只羊背走了。等那家人返回后看见地上的血，才知道上当了。他们气得大骂："狼会骗人，比贼娃子还贼！"

现在，这只狼也在悄悄实施偷袭计划。

终于，它移动到了偷袭羊的最佳位置。

它突然蹿出，大张着嘴向一只羊扑过去。

最佳位置使它如离弦之箭，而它尖利的牙齿无异于刺向羊的尖刀。那只羊没有防备，狼只要一口咬住羊的脖子，用力一扯，羊的脖子就会被撕开，喉管就会断裂，羊就会倒地而亡。然而，狼不但没能一下子将羊的脖子扯断，反而被羊用力一甩，像皮球一样滚到了一边。

饥饿几近于掏空了它，它丧失了进攻力量。

狼颇为惊恐，意欲爬起来逃走，但它被摔得不轻，接连几次都没有爬起。冲锋陷阵者没有了进攻的力量，就会变成被打击者。它意识到了麻烦，挣扎着好不容易爬起，却又一头栽倒。平时，狼接近人或羊时，首先会给对方威慑之感，但现在的这只狼浑身发软，似乎变成了一只可怜的小动物。

狼的意外遭遇，让牧民们高兴得大喊大叫，一向都是狼让人恐惧，今天终于看到了狼出丑，就像吃不动羊肉、骑不了马的人，没有一点儿本事。

他们操起手边的东西扑过去打狼。

狼受到惊吓，终于挣扎着爬了起来，摇摇晃晃向远处跑去。但它跑得太慢，有好几次都差一点儿被人追上，被一棍子击倒在地。惊恐或许能激发出力量，它嘶哑地叫了几声，

狼　殇

奔跑的速度明显加快。

不一会儿，它终于爬上了山坡。

人们放弃了对它的追赶，嘟囔着，如果有一只狗就好了，一定会追上去一口咬住狼，把狼像石头一样摔到山坡下。但今天出来放牧时，没有人带狗，只能望狼兴叹。牧民们骂了几句难听的话，纷纷返回。

狼却再次出丑了。

它从一块石头向另一块石头跳去，因为力气不足，掉进了两块石头之间的缝隙。慌乱挣扎中，它的一条后腿被卡在了石缝里。平时，狼在山野间奔跑时身轻如燕，而且因为谨慎，从不会出现这样的危险。现在，这只狼因为太饥饿，加之被牧民喊叫着追赶，才不慎被石头卡住了后腿。

这是让狼无比痛恨的两块石头，它们中间只有一条窄窄的缝隙，它的那条后腿因为坠落的原因，被死死卡在了里面。它恐惧极了，用尽全身力气向外拔腿挣扎。

好在牧民们都已转身离去，所以，这一幕没有人看见，它赢得了逃生的时间，但那条后腿纹丝不动。它喘着粗气，喉咙里滚过一阵低低的声音，似乎在向遥远的母亲求助，但刮过的风很快便淹没了一切。

它用力往石头上爬，意欲将那条后腿扯出。

因为用力太猛，"咔嚓"一声，狼的后腿被折断了。

它疼得大声嗥叫，周围的草叶似乎都随之在战栗。

狼之殇

　　牧民们听到动静后回头一看，好家伙，狼被卡在了石缝里。他们本来以为狼已经逃跑了，但石头帮了忙，把它死死卡在那里，它还能往哪里跑？这是一只倒霉的狼，是一只没本事的狼，是一只来送死的狼，是一只让所有的狼都颜面扫地的狼，是一只让他们在今天可以出一口恶气的狼。牧民们再次兴奋，要把打狼干成今天最有意思的事情。

　　狼看到人们扑了上来，在惊慌中一用力，那条后腿再次"咔嚓"一声，被硬生生扯成两截。

　　付出一条腿的代价，它从危险中脱离出来，趔趔趄趄爬上石头，继而向远处跑去。疼痛让它龇牙咧嘴，但它要活下去，必须挣扎着逃走。

　　牧民们看见它又逃跑了，它断了的半截腿却插在石缝里，白森森的骨头，猩红的血，让他们有了胜利的感觉。他们用脚踢了几下那截断腿，嘟噜了几句听不清的话，便回去了。

　　断了一条后腿的狼在逃跑过程中数次跌倒。失去一条腿，它无法保持重心，稍不注意就会倒向一边。但它很聪明，加之天生灵活，很快便学会了用三条腿掌握重心。

　　它摇摇晃晃地跑远。

　　饥饿仍撕扯着它的体腔，但疼痛和恐惧交织在一起的滋味令它更难受，直至跑到它认为安全的地方，它才停下歇息。

　　断了的那条后腿在流血，它扭过头用舌头舔干净血，眼

狼 殇

里弥漫出一股悲哀。

冷面杀手丧失了进攻能力，将如何面对抱残之身？

狼也有很惨的时候，在阿勒泰曾发生了一件哈熊一掌把一只狼的眼睛拍瞎的事。按说，哈熊是动物中的大力士，狼不应该冒犯它才对，但那群狼仗着数量多，加之又太饥饿，便对那只哈熊群起围攻。哈熊在原地打转，扬起熊掌砸向狼，狼因为害怕，不得不躲闪。有一只狼瞅准机会去咬哈熊的脖子，哈熊察觉到了它的意图，一掌拍在它的头上，它的两只眼睛血泪汹涌，光明在瞬间消失。从此，那只失明的狼在狼群中靠声音行走，它叫一声，别的狼应一声，它才能知道身在何处。最后，它因为和狼群走散，坠落进悬崖摔死。

牧民们没有打死狼，他们有些遗憾。他们平时很少近距离看到狼，有时候只看见山冈上有一个小黑点，那是狼远远地在观察人和羊的活动，从不走近人。有时候，狼偷袭了羊，等人们赶到，只能看到躺在地上流血的羊，狼何时而来，又何时而去，他们连影子也没有看到。今天，用他们的话说，这只丢人的狼是自己送上门的，而且浑身没有一点儿力气，一石头砸下去就能够要了它的命。它还是跑了，虽然弄断了一条腿，但它的命没有丢，它还会拖着残缺之身来吃羊，而且因为是在这里被弄断了腿，它还会报复人。想到这里，牧民们有些失落，亦对狼产生了恨意。

晚上，有一只狼在树林里叫了一晚上。

狼之殉

牧民们断定是那只狼,它的一条腿断了,疼痛难忍便只能叫。

没有人敢进入树林打它,天太黑,万一有狼群在树林里,打它不成,反而会被狼吃掉。有一句谚语说:狼来了,人大叫;狼走了,人大笑。归根结底,人还是怕狼。

半夜,有一个人被它的叫声吵得睡不着,便走出去看了一下,除了狼叫,四周很安静,只有稀疏的雪落着。他想起一位哈萨克族老人告诉过他,下大雪的夜晚寂静无声。看来,今夜将不会下大雪。他希望下一场大雪,那样的话,狼就不会叫了。他回去躺下,倦意袭上身来,很快便沉睡过去。

外面又传来狼的叫声。

有一位牧民在睡觉前,将马偷偷拴在毡房旁,那样做是为了防止狼突然来袭时,及时骑马逃跑。狼的叫声长久持续着,丝毫没有要停下的意思。他想,它是因为一条腿断了在叫,它该有多痛。

几天后的一个夜晚,一位牧民坐在一块石头上抽烟,他无意一瞥,看见有一团黑影正在慢慢向牧场靠近。

有狼!

他扔下烟头,从腰里抽出刀子,防止狼扑过来咬自己。那团黑影移动得很慢,每移动一步都摇晃不定。

是那只断了一条腿的狼。

那牧民想:上次让你跑了,现在你只剩下三条腿,还敢

狼　殇

来偷袭我们的羊，不把你打死，你便不知道人有多厉害！

他悄悄返回，叫醒三个人，手握木棍和柴刀，只等狼靠近了便围攻。

奇怪的是，那团黑影突然不见了。他们是紧紧盯着它的，但它只是摇晃了一下，便不见了影子。

"奇怪，难道是鬼吗？"他们心想。

他们点起火，大声喊叫一番，意欲把狼吓走。狼就是这样折腾人，非但不能把它们打死，反而还得小心防范它们偷袭。

几天后，有一人看见那只三条腿的狼在河滩上艰难挪动着身子行走。他胆小，便转身往回跑。这件事在牧区传开后，大家都笑话他，他生气地说："难道就我一个人害怕狼吗？你们嘴上说起来的劲很大，但真正遇上狼，谁不怕？"

有一个人说："它只有三条腿，连站都站不稳，你还怕它吗？"

他说："它只有三条腿，又不是只有三颗牙，你有本事，你去打！"

几个月后，牧民们再次发现了那只狼，它死在一棵树下，皮肉腐烂，有苍蝇在身上"嗡嗡"乱飞。它的另一条后腿也断了。在它的后腰下面，两条裸露出白骨的断腿看上去似乎是身体多余的部分。也许它的另一条后腿也是因为卡在石头中弄断的，疼痛的大网会顷刻间覆盖它。它在疼痛之余又发

狼之殉

现，自己丧失了行走能力，身躯变得笨重无比，得用两条前腿用力爬才能将身躯挪动。它悲痛欲绝，但又有什么办法呢？命运将它推入死谷，它只能屈服于绝望和无奈。

它用两条前腿不知爬了多远、多少时日，最后终于被饥饿夺取了生命，在这棵树下死去。

从它的姿势上看，它在最后仍想向前爬，也许在前方不远处便有可使它活命的食物，但它没有力气，死亡犹如巨大的黑暗，它被裹了进去。

"我们没把它打死，它自己倒死了！"牧民们感叹几声，转身离去。

秋末，一位牧民赶着羊群转场下山，走到一个地方，羊群突然徘徊不前，怪异咩叫。牧民想起那只两条腿的狼就死在那儿，便一脸骇然。

人和羊便不得不停下。

到了晚上，牧民生起火，羊群看见火后才不叫了，齐刷刷地向前走去。

觅 食

一只狼从达尔汗身边跑了过去。

它太快，一闪便不见了影子。

狼 殇

达尔汗没有看见狼,只看见那团影子。他向四周看了看,仍然什么都没有看见。

达尔汗疑惑不已。

第二天早上,这个问题还在困扰着达尔汗。山里有大雾,一股湿漉漉的气息在弥漫。达尔汗坐在石头上抽烟,他一直在想,该不会是遇见了狼?

一支烟抽完,仍没有想出结果。

达尔汗苦笑了一下,道:"可惜了一支烟。"

达尔汗准备返回,却闻到一股奇怪的味道。那股味道是从他身后传来的,他扭过头,便看见了一只狼。狼很惶恐,边跑边扭头向后看,似乎有什么在追赶它。它身后确实有追赶者,一位猎人骑着马在追它,但它很快便跑上了山坡。猎人眼睁睁地看着它翻过山坡,进入了后面的沟中。那沟就是有名的狼沟,它进入狼沟,便如同回到了家,猎人无法再追,垂头丧气地坐在石头上抽烟。

达尔汗断定它是昨天晚上出现过的那只狼,他熟悉它的迅速,但他不知道它是一只怎样的狼,是高是矮,是胖是瘦,他只看见一团影子,他更不知道它为何如此惶恐地奔跑。它是狼,应该杀气十足,威风吓人才对。他想,它一直在村庄附近不安地奔跑,一定有什么追赶着它,它的内心该是多么不安。

达尔汗很渴望看清楚它。

狼之殉

但他又为自己奇怪，为什么如此关心一只狼呢？

大概是因为它出现得太快，消失得也太快，几乎只是一团影子，并且之后便不再出现，把恐惧留在了达尔汗心里。"风吹过，云知道；狼走过，人恐惧。"达尔汗虽然知道事情已经结束了，但那只狼把恐惧留在了他心里，让他不安。

猎人来到达尔汗身边，抽完烟，要起身走了。

达尔汗问："你去哪里？"

猎人说："我去狼沟，找刚才的那只狼，找到它，就打死它。"

达尔汗说："那咱们一起去吧。"

猎人问："你去狼沟干什么？"

达尔汗说："我去看狼，我想看清它是一只怎样的狼。"

猎人很奇怪："狼有什么好看的？"

达尔汗说："看清了狼，心里就不再恐惧了。"

猎人明白了达尔汗的意思，点了点头。

他们慢慢进入狼沟。

狼沟里的狼极多，而且成群出现，经常伤人，就连那些猎人也谈狼色变。有一位猎人来这里打猎，一枪把一只狼打倒，以为打死了，刚走到跟前，狼突然一跃而起，一爪子抓在他脸上，他的一只眼睛当时就瞎了。狼沟里除了狼之外，还有很多动物。有一次，边防战士们在树林里巡逻，突然看见一团影子从马肚子底下钻了过去。马受惊了，战士们忙着

狼 殇

拉马，没看清是什么。后来才知道，那团影子有可能是金钱豹或豺狗。那匹受惊的马回到边防连队后不吃不喝，过了几天，撒尿时居然全是血。马被那团影子吓坏了，以至于连内脏都出了问题。

达尔汗向四周张望，他在找狼。

很快，达尔汗发现草地上有狼的爪印。他断定是那只狼留下的，在这种情况下，狼一旦与人遭遇，会更加凶猛地扑向人。他提醒猎人："小心一点儿，这里危险！"猎人把子弹推上膛，举着枪行走。他是来打狼的，人身受到威胁时，要以安全为重。

他们开始找狼。

狼沟颇为崎岖，沟中的路不但难行，而且树木丛生，让他们每迈出一步都小心翼翼。沟两旁的山坡上有树木，皆高大笔直，把山坡遮掩得阴森恐怖，让人疑心随时会蹿出狼群。

达尔汗和猎人向前走了不远，突然从草丛中冒出一个黑乎乎的脑袋，碰在一旁的小树上，发出一声闷响，那个脑袋迅速闪到了一边。

是狼！

达尔汗和猎人躲到一块石头后面，防止它扑过来咬他们。

但狼还是发现了他们，"呼"的一声爬起来，发出嘶哑的嗥叫。达尔汗很吃惊，它并没有看见他们，为何如此敏锐地发现了他们？狼走了几步，并没有向他们扑来，而是又蹲了下去。它蹲下之后，又发出几声嘶哑的叫声，然后安静了。

猎人有些紧张，用枪口对着狼出没的方向，两眼盯着那片草丛。达尔汗悄悄对他说："不要怕。它不过来，就不要开枪。"

过了一会儿，草丛中仍然没有动静。达尔汗和猎人后退到一棵松树下，达尔汗示意猎人趴在地上观察，他爬上树，看见狼仍蹲在那儿一动不动，像是在等待什么。过了一会儿，狼向四周看看，走到路上，站在那儿不动了。

猎人决定打狼。

达尔汗示意他耐心等待，没有合适的机会，开枪也是白打，不会伤到一根狼毛。

狼在慢慢移动，离他们越来越近。

达尔汗想看清它，但它一直低着头，无法看清它的面孔，更看不清它眼睛里有怎样的神情。但他断定它就是那只恐慌逃跑的狼，它脖子上有一团黑鬃，他在今天早上看见过，现在，他一眼就认出了它。

达尔汗仍然疑惑，它到底是一只怎样的狼？

猎人急了，对达尔汗说："我要开枪打它！如果它冲进牧民的羊群就完了，至少会被它咬死一只羊！"

但达尔汗觉得射程太远，便示意他不要急，等狼靠近后再打。

等待的过程颇为郁闷，达尔汗觉得空气凝固了，而狼似

狼 殇

乎随时会扑过来。但他仍在等待,他知道这时候人若慌忙逃跑,只能被狼扑倒在地,后果不堪设想。

终于,狼向他们这边过来了。

狼越来越近,但达尔汗仍看不清它。

猎人沉不住气,举起猎枪对准狼开了一枪。因为慌乱,没有打中。

狼并没有转身跑回山坡,而是向他们跑了过来。他们很吃惊,这只狼的胆子真大,竟然敢迎着人跑过来。它迎着人,实际上是迎着枪口,迎着死亡,但它一点儿也不害怕,它离人越来越近。

又一声枪响。

还是没有打中,它快速向着河道跑去。猎人举着枪,但已经不知道开枪打它了。它并不进攻他们,而是从他们面前跑了过去,一直跑进了河道。它起伏跳跃着准备过河,河对岸有一片树林,它过河后就可以进入树林。

猎人不甘心,又向它开了一枪。

这一次,狼差一点儿被打中,但是仍然向前奔跑,好像舍了命也要过河。猎人不知道它为何要这样,但它拼命的样子让他气愤,于是又向它开枪。它差一点儿又被打中,但仍跑到了河边。它嗥叫一声跳进河中,很快便过了河。它摇了摇身体,把身上的水甩干净,然后进入了树林。少顷之后,树林里传出一声狼嗥。是它在叫,它已经脱离了危险,可以

狼之殉

轻松地嗥叫一声了。

达尔汗和猎人很纳闷,这只狼为何冒着被打死的危险,一定要过河进入那片树林呢?

达尔汗想起昨天晚上的情景。现在,他可以断定,当时确实有一只狼从他身边跑了过去。他虽然没有看见狼,但他看见了一团影子,那就是这只狼的影子。

猎人看了一眼达尔汗,问:"追?"

达尔汗点了点头。

他们过了河,不一会儿便追上了狼。狼回头看了他们一眼,加快了速度;他们也加快速度,很快便缩短了和它的距离。但他们没有想到,狼还有更快的速度,就在他们快要追上它时,它突然像影子一般穿梭向前,很快便把他们甩在了后面。

慢慢地,它在山谷中变成了一个黑点。

达尔汗和猎人无奈地停下,决定放弃。

山谷中又起雾了,树木被大雾掩映得只剩下轮廓,影影绰绰间似乎有什么在动。达尔汗觉得雾中有东西,但他不能断定是什么,便没有近前去看。从昨天晚上到现在,这只狼一直很奇怪,出现时是一团快速闪动的影子,后来又仓皇逃命,嘶哑嗥叫,都与他以往见过的狼不一样。他既恐惧,又困惑,越来越觉得它不是狼,而是别的什么。

它为何这样?

狼　殇

达尔汗突然愧疚起来。他只想看清这只狼,和猎人一起追它,实际上是在给它的生命制造危险。这只狼现在的处境犹如站在死亡边渊,他只要伸出手一推,它就会掉下去。他不忍心这样做。他对猎人说:"别追了,回吧。"

猎人说:"再追一下,说不定就追上了。"

达尔汗果断地说:"追不上了,它已经不见了。"

猎人无法断定能否追上,便听从他的意见,决定随他返回。

这时,树林里突然传出一声狼嗥。树林在大雾中一团模糊,无法看清形状,但传出一声狼嗥后,似乎一下子变得清晰了。狼的嗥叫是从树林里发出的,狼就在树林里。

猎人举起了枪。

达尔汗想去看看它是一只怎样的狼,但是猎人的想法很简单,只想打死它。

他们走向树林。雾没有散,随着他们走近,树林显露了出来,他们看清了树木的枝干,还看清了树林中的石头。他们离树林近了,却看不见狼。他们停下,观察树林里的动静。他们知道,这种时候不能贸然进入树林,如果狼躲起来袭击他们,他们就会吃亏。

雾变得阴冷起来。

猎人把子弹推上了膛,他怕狼突然出现,子弹上膛可防止它的袭击。

狼之殉

达尔汗看了一眼猎人,意思是进不进树林?

猎人一脸茫然,不知如何是好。

树林里又传出一声狼的嗥叫。达尔汗和猎人不再恐惧了,狼发出声音的地方在树林深处,离他们还有一段距离。狼的这一声嗥叫对他们来说太有利了,一则让他们不再恐惧,二则让他们知道了它的具体位置。有一句谚语说:风刮过,树叶会晃动;狼叫过,声音会弥漫。他们都有丰富的经验,只要狼嗥叫一声,他们就会抓住机会,判断出这是一只怎样的狼。

达尔汗断定,它仍然恐慌不安。

猎人笑了,他认为自己有把握打死它。

达尔汗和猎人对视了一眼,决定进入树林寻狼。它嗥叫得很恐慌,犹如在一团黑暗中挣扎,他们不再怕它。

进入树林后,达尔汗心里又浮出那丝愧疚。他苦笑了一下,心想:我不害它,只要看清楚它是一只怎样的狼就可以了。

大雾在树林里留下了湿气,凝结成水滴从树叶上滴下,"啪"的一声掉到地上。达尔汗走在前面,仔细寻找着狼有可能出现的地方。猎人走在后面,随时准备开枪。

又传来一声狼的嗥叫。

它离他们还有一段距离。

一只乌鸦发现了达尔汗和猎人,怪叫着飞向狼发出嗥叫的地方,又盘旋着飞来飞去。

狼 殇

他们加快脚步。

达尔汗看见乌鸦盘旋几圈后,落在了一棵树上。它已经将信息传递给了狼,接下来,它要看看会发生什么。达尔汗心里生出一股暖意,多么好啊,乌鸦和狼之间没有恐惧,没有伤害,没有隔阂,有的只是信任和关怀,人和狼什么时候才可以这样呢?

他们离那棵树不远了,乌鸦叫了一声,飞走了。

树下,狼又叫了一声。

达尔汗在一块石头后伏下身子,慢慢探出头张望。狼一定就在附近,他只想看它,只要能看清它,他就可以返回了。但除了树木外,仍没有狼的影子。

猎人的头和枪口几乎一起在往外伸,他害怕狼,但只要看见狼,他就可以开枪。

达尔汗对猎人说:"不要害怕,狼不在这里。"

猎人问:"那它在哪里?"

达尔汗说:"应该在稍远一点儿的地方。"

猎人说:"没关系,只要它露头,我保证能一枪放倒它。"

达尔汗心里又生出愧疚,对猎人说:"这只狼的叫声很奇怪,好像对什么事都很害怕,显得很可怜,你能不能不打它?"

猎人说"狼可恶得很!我是猎人,我不打狼,我跑这么远的路来干什么?"

狼之殉

达尔汗说:"你如果放过它,就等于原谅了它,做这样一件事,对你是有好处的,你以后遇上麻烦,也会抚慰自己的良心。"

猎人被打动了,点了点头。

这时,又传来一声狼的嗥叫。狼的声音在山下,它已经出了树林,到了山下。

他们向狼发出嗥叫的地方走去。他们没有了杀心,只想看看发出叫声的是一只怎样的狼。

两个人出了树林,看见了那只狼。它旁边有一只小狼趴在地上一动不动,另两只小狼围着它在叫。大狼用嘴蹭蹭它们,一副无可奈何的样子。他们明白了,它是一只母狼,没有弄到食物,怕小狼挨饿,所以便急忙赶了回来。但它还是回来晚了,有一只小狼已被饿死,另外两只小狼也已经有气无力,快要毙命。

他们很惊讶,狼的生存居然如此艰难。

母狼一直用嘴蹭着两只小狼,这是它唯一能够给小狼的温暖。小狼低叫几声,软软地趴在它身边。它们感觉到了母狼的爱,但它们已经没有了力气,很快会被死亡的大嘴吞没。母狼用无助的眼神看着它们,没有办法解决它们的饥饿,只能眼睁睁地看着自己的孩子们死去。

达尔汗和猎人看着大狼和小狼,觉得有什么像刀子一样刺在了他们身上。

狼 殇

达尔汗看见猎人脸上有了一丝愧疚,便对猎人说:"放过它们吧!做这样一件事,对你是有好处的。"

猎人的眼睛里有了泪水,把枪背在了身上。

母狼抬起头嗥叫一声,在两只小狼旁趴下身子,将脖子伸直,在等待着什么。雾仍在弥漫,母狼在雾中变得恍恍惚惚,似乎要随着大雾隐匿起来,但雾很快飘散了,它仍在原地。

达尔汗和猎人不知道母狼要做什么,便紧张地盯着它。因为远,达尔汗和猎人看不清它的表情,但它一动不动的样子,让他们觉得像一座雕塑。

母狼一直将脖子伸直,在等待着什么。两只小狼努力抬了抬软软的脑袋,看着母狼,它们也不知道自己的母亲要做什么。母狼将脖子伸直是很费劲的,它这样做一定有它的企图。过了一会儿,母狼头一扬,有东西从它嘴里喷出,落在了小狼身边。原来,母狼将腹内的残余食物呕吐了出来,让两只小狼吃下,以便度过饥饿难关。

吐完,母狼软软地倒了下去。

一只小狼爬过去,用爪子抓起母狼吐出的食物,塞进了嘴里。

另一只小狼已经不行了,食物近在眼前,它却没有力气吃到嘴里。它望着母狼,眼睛里的悲哀在慢慢扩散,最后变成了对死亡的屈服。它才出生两三个月,就要结束生命了。

母狼痛苦地嗥叫一声。

达尔汗和猎人也在叹息。

母狼慢慢爬到那只小狼跟前,仍然用嘴蹭它,希望它能够缓过劲来。小狼的眼睛已经闭上,无法再感知母狼的温暖。母狼抬起头,突然嗥叫了一声。它的嗥叫声很大,附近的鸟儿受到惊吓,纷纷飞离而去。嗥叫完,母狼低下头,用两只前爪按住那只小狼,然后一口咬住它的身体,头一扬,便将小狼撕成两半。它把一半扔给在一旁的那只小狼,自己开始吞噬另一半。转瞬之间,小狼的肉身便不见了,只有母狼和那只小狼嘴巴上留有红色血迹。

达尔汗和猎人惊讶不已,他们没有想到,狼会吃狼。

过了一会儿,母狼和小狼起身离去。它们吃了一只小狼,有了力气,要去寻找安全的地方藏身。

达尔汗和猎人望着它们远去,觉得有什么仍在刺着他们,身体不疼,但心里疼。

一只乌鸦叫着,飞向母狼和小狼远去的方向。乌鸦出现,必然又要给狼传递信息。会出什么事呢?即使告知它们前面有危险,但它们也毫不畏惧,因为它们有力气了。

达尔汗和猎人心里的疼减轻了一些。

他们想再看一眼母狼和小狼,但它们已经不见了。他们很吃惊,它们吃了一只小狼后,居然这么快就不见了踪影。他们有些失落,因为距它们太远,所以从头至尾没有看清那只母狼是什么样子,现在它已经不见了,他们仍不知道它是

狼　殇

一只怎样的狼。

返回途中，达尔汗问猎人："如果你有一天没有打到猎物，你会怎么办？"

猎人回答："心甘情愿把自己交给死亡。"

达尔汗惊呆了。

猎人笑了。

抢　夺

每天早晨，阿汗是村里起床最早的人。

阿汗起床后，便等待太阳出来。

太阳出来后，他就开始笑。

但阿汗不知道自己一直在笑，他对笑已经习以为常，笑着笑着便忘了自己在笑。

村里人不喜欢阿汗没心没肺的笑，如果不是他说话还算清楚，做事还算利索，他们就会认为他是神经病。村里人不会关注太阳，反正天亮了，太阳就升起，天黑了，太阳就落下，谁会像阿汗一样盯着太阳傻乐呢？

今天的太阳又出来了。

阿汗又笑了。

这时候，村里人大多都在喝奶茶，他们吃饱喝足后才会出门。阿勒泰的山又高又长，一天中不论干什么都很费力气，所以一定要吃好喝好。那些要被骑出去的马，在栅栏边东张西望，四蹄不停地踢着草地。草地上的露珠在阳光中闪闪发光，像铺了一层星星。马并不珍惜铺在地上的"星星"，不停地踢着草地，让"星星"闪烁出纷乱的光芒。

阿汗笑着，看着闪光的露珠。山里潮湿，一夜之间便让草地铺满了露珠。太阳出来后，他觉得露珠像眼睛一样在眨动，在看着他。他很喜欢这个过程，便一直看着露珠，直到露珠像眼睛慢慢闭上，然后消失。

阿汗看了一眼升起的太阳，笑了。

笑了一会儿，阿汗发现今天的露珠消失得很缓慢。太阳已经出来很长时间了，但露珠像长在地上似的，没有要消失的意思。阳光照在露珠上，反射出明亮的光芒。阿汗喜欢阳光和露珠，久久地看着露珠反射出的光芒。

太阳升高了，阿汗转过头，去看远处的露珠。

远处有东西在动。

因为远，阿汗只能看见两团影子。它们在阳光中动着，在露珠中动着，越来越接近村庄。阳光更加明亮，露珠反射出更为刺眼的光芒。村中没有人走动，也没有人看见有两团影子在动。

两团影子近了。

是两只狼。

狼 殇

阿汗很吃惊，它们已经走到了村庄边上，但仍往前走着。阳光把露珠照亮，它们走进了村庄。阿汗想，早晨的阳光和露珠太漂亮了，这两只狼被迷惑，忘记了自己是狼。阿汗不笑了，他看着两只狼，觉得它们不但忘记自己是狼，而且不知道危险，所以才神不守舍地走近了村庄。

两只狼显得很亲密。

阿汗明白了，它们是一只公狼和一只母狼。

很快，它们走进了村子中央的草地，但仍然没有发现异常。露珠在阳光中变得更加明亮，它们看了一眼露珠，便走进草地中。阿汗想，露珠弄湿了它们的爪子，一定有一股凉意浸入了它们体内。它们用嘴去舔露珠，它们变得不再像狼。

阿汗想：它们很快乐，似乎变成了别的什么。

到底是别的什么呢？

阿汗一时想不明白，但阿汗不着急，他相信自己一定能想出答案。

村里人不会在意露珠，没有谁会注意到两只狼走进了草地。它们沉迷于露珠，一副陶醉的样子，以至于走到村子中间才有了反应。它们是狼，走进人居住的地方，会有危险的。

阿汗想叫一声，让它们发现有人，赶快回去。

但阿汗还没有来得及喊叫，村里人已经看见了它们。村里人十分惊讶，狼的家在荒野里，人的家在村庄里，人可以去荒野，但狼进了村庄就冒犯了人，人不容许发生这样的事情。村里人叫喊着，因为狼来了，他们害怕。但很快，村里人的声音变得兴奋起来，村里人多，他们不怕狼。于是，所有的声音变成一个声音——打狼。

阿汗也叫了一声，他为两只狼担心，他的声音里充满恐慌，但他的声音很小，被人们喊叫的声音淹没了。

两只狼被村里人包围了。

村里人举着木棒和刀，他们要置两只狼于死地。它们想往前冲，但前面有人，冲上去就是冲向人手里的木棒和刀。死亡，正等待它们呢！它们蹲下身子，发出绝望的嗥叫。

阿汗急得乱叫，但是没有办法阻挡人们。

阳光暗了。

露珠也顷刻间不见了。

阿汗看见两只狼在后退。前面没有路，它们便只好从后面选择路。它们向后退一步，人们向前逼好几步。

阿汗想，两只狼很快就会无路可退。在这个早晨，阳光和露珠发出迷幻的光彩，让它们丧失理智，走到了人们的包围中。以往，它们是多么谨慎，闻到人的气味、看到人的行踪，都会果断地离去。但是今天，它们被太阳和露珠迷醉，完全丧失警觉，进入人居住的村庄，被人们包围了。阿汗这样想着，心疼起来。

两只狼绝望地嗥叫，声音越来越大。

狼　殇

　　阿汗知道，它们的叫声越大，说明它们越绝望。

　　阿汗希望它们冲出人们的包围圈，他知道狼是可以被激怒的，它们一旦愤怒，常常会爆发出惊人的力量，只要狼嗥叫发怒，人的腿就软了，狼就能冲出包围圈。

　　人们冷冰冰地看着它们，木棒和刀就是死亡深渊，它们只要接近一步，就会坠进去。它们又痛苦地嗥叫几声，被人们逼到了栅栏前。人们对狼恨之入骨，现在，它们送上门来，岂有不打之理！他们一步步向两只狼逼近，木棒和刀挥舞得呼呼生风，马上就要落到它们头上。

　　它们惊恐嗥叫，退到栅栏前，再也无法后退。

　　人们一拥而上，大声喊叫着，举起了手中的刀和木棒。刀和木棒举起就要落下，落下的目标就是它们的头或者腿。如果它们的头被击中，可使它们毙命；如果它们的腿被击中，它们便会被击倒，人们还可以接着击打，它们最终都会难逃一死。

　　阿汗颤抖起来，似乎那刀和木棒会落到他身上。

　　两只狼东张西望，在慌乱中与阿汗的目光相遇，阿汗看见它们眼睛里有绝望。它们犹如站在死亡悬崖上，只要轻轻一推就会掉下去。

　　人们逼到两只狼跟前，手中的刀和木棒落了下去。

　　两只狼在躲闪。它们虽然没有后路可退，却可以躲闪，人们的刀和木棒并没有将它们击中。

狼之殉

人们喊叫着,缩小了包围圈。

阿汗张大了嘴,但没有发出声。他太紧张,叫不出声了。他知道这两只狼危险了,要不了多久,人们就会把它们打死。

阿汗看见两只狼哀号着左冲右突。人们的包围圈越来越小,刀和木棒落下的次数越来越多,它们躲闪的速度也越来越快。

刀和木棒最终落在了它们身上。

阿汗叫了起来。阿汗的叫声和人们的叫声不一样,他只是惊叫,人们的叫声却是击打时的兴奋喊叫,每叫一声都迅速让刀和木棒落下。人们盯得很准,沉闷的击打声接连响起,两只狼不停地惨叫。慌乱中,公狼大声嗥叫着爬到母狼前面,挡住了人们的击打。所有的刀和木棒都落在了公狼身上,它的嗥叫声越来越小,身体东倒西歪。人们挥出的刀和木棒每次都没有落空,一连串沉闷的声响后,公狼倒在地上一动不动。

公狼被打死了。

阿汗大喊了一声。先前,他为它们担心,心里似乎被什么堵着,所以叫不出声,但公狼保护母狼的举动,让他心里一下畅通了,他终于可以喊出了声。

就在阿汗喊出一声后,母狼趁着混乱,冲出人群,跑上了村后的山冈。

母狼逃走后,阿汗松了口气。

狼 殇

人们把打死的公狼抬到一块空地上，像扔东西一样扔了下来。一声闷响，公狼的一条腿被压在肚子底下，歪斜着趴在地上。它是被击中头部后死的，嘴巴里还在往外冒着血，四颗獠牙浸在血里，再也不那么吓人了。

"把它的皮剥了吧。"有人提议。

于是，几人抓住它的四条腿，把它拉直。它在刚才的挣扎中，身体紧缩在一起，被人一拉之后才舒展开来，变成了一只四肢伸展的狼。一人用刀子割开一个口子，开始剥它的皮。他们用的是剥羊皮的办法，很快便将它的皮剥了下来。狼皮铺在地上，像一只狼趴在那里。

"把它的肉也剁了吧。"有人又提议。

于是，有人拿来一把斧头，开始剁狼肉。它被剥掉皮后，露出血淋淋的躯体，已经没有了狼的样子，现在，它又被剁成碎块，再也不见狼的影子了。人们很高兴，把一只狼打死，并剁成碎块，这是多么过瘾的事情。很久以来，人们都渴望打狼，今天终于实现了愿望，每个人都在笑。这样的笑以前没有过，现在有了，感觉很不一样。

有很多人凑过去看热闹，阿汗只是远远看着，并不走近。一只狼被剥了皮，又被剁成碎块。阿汗用左手捏着右手，他感觉自己身上很疼。阿汗不知道自己为何疼，但似乎有什么刺在了他身上，让他开始颤抖。

狼肉很快被剁成碎块，每家每户都有一份狼肉，他们要把狼肉拿回家去做抓饭。狼肉抓饭热量大,吃一顿,身上好几天都热乎乎的。

一只狼转眼间只剩下一张皮子,被搭在栅栏上。狼的皮子被剥下后,需要被风吹,被太阳晒,等干透了才能卖钱。

阿汗看着狼皮,哭了。

有人发现阿汗一直在看他们打狼,叫他过去,他没有动。有人从阿汗身边经过,发现阿汗没有像往日一样在笑,再仔细一看,发现阿汗在哭,便问阿汗:"你为什么哭?"

阿汗把脸转向一边,他不知道自己哭了,就像不知道自己每天看见太阳出来后会笑一样。阿汗没有去想自己哭的事情,他望着母狼逃走的方向想,公狼为了让母狼活命,迎向人们手中的刀和木棒,为母狼赢得了逃跑的机会。母狼逃走了,公狼没有逃走;母狼活了下来,公狼死了。

阿汗看着铺在栅栏上的狼皮,觉得公狼在栅栏上爬行。阳光仍像早晨那样,把狼皮裹在了一层光亮中。阿汗看着那张狼皮,觉得它活了,在向自己爬来。阿汗眼里涌出了泪水,那张狼皮变得模糊起来。

阿汗揉了揉眼睛,抬头看了看太阳,又低下头看了看地上的阳光。阳光比早晨更加明亮,却并无特别之处,只是阳光而已。为什么在早晨,阳光让母狼和公狼丧失理智进入了村庄,进入了人们的包围圈呢?阳光并没有什么特别的,或许只因为母狼和公狼走在一起,加之那么美丽的阳光和露珠,

狼 殇

让它们为之深深迷醉。

一股暖意在阿汗心里弥漫开来。

中午,阳光更加明亮,天热了起来。母狼从山冈上走下来,悄悄进入了村庄。它低伏着身子,穿过村中的马路,贴着一户人家的栅栏慢慢前行。

阿汗看见母狼,又笑了。

一阵风吹过,阿汗闻到了公狼皮子的味道。阿汗想,公狼皮子的味道这么浓地弥漫了过来,他都闻到了,母狼一定能够闻到。

很快,母狼走到了公狼的皮子跟前。它卧在栅栏一侧,看着公狼的狼皮。

阿汗想,它或许没有任何目的,就想这样卧在公狼的皮子底下,好像公狼的灵魂还没有消逝,它要陪公狼一会儿。又一阵风吹过,公狼的皮子微微在动,皮子上的毛翻动得更有动感。母狼的眼神越来越柔和,似乎公狼感觉到它来了,在用这种方式表示对它有了感知。

阿汗心里又温暖了一些。

母狼卧了一会儿,走到栅栏下,想用嘴把公狼的皮子扯下来,但栅栏太高,它努力了好几次,都未够得着公狼的皮子。阿汗也很着急,但他没有办法帮它,只能就这样看着它。过了一会儿,母狼看了一眼公狼的皮子,突然猛跑几步,一头撞向那道栅栏。它用了很大的力气,栅栏被它撞得发出一声闷响，歪斜着倒了下去。栅栏是木头做的，一根倒了，便全部倒了。

在栅栏倒下的一瞬，母狼迅速钻进栅栏下面，狼皮掉下来，落在了它身上。它抖了抖身上的公狼皮子，使其更稳妥一些，然后驮着皮子往回走。

阿汗又笑了。

阿汗想：这样也好，以后它就可以和公狼永远在一起了。

但母狼的运气不好，它刚从栅栏边离开，一只狗看见了它。

狗叫了起来。

狗一叫，村里人便知道出事了，他们循着狗的叫声赶了过来。他们看见栅栏倒了，那张狼皮也不见了。奇怪，栅栏怎么会倒呢？更奇怪的是，栅栏上面的狼皮也不见了，难道它长腿跑了？狗还在叫。人们循着狗的叫声望去，便看见了那张狼皮，它在慢慢向前移动，再仔细一看，狼皮下面有一只狼。人们便明白是怎么回事了，于是又找来刀和木棒，喊叫着扑了过去。

母狼发觉人们追了过来，只好把狼皮从身上抖落下来，跑回了山冈。

人们用难听的话咒骂狼，似乎可以把狼骂死。母狼跑得很快，转眼间就不见了影子。不论人们怎样咒骂它，都对它起不到作用。人们看不见它的影子，便又把栅栏弄好，又把狼皮重新铺在了栅栏上。

狼 殇

阿汗静静地看着这一切。太阳正在中天,阿汗不用抬头就可以知道太阳在,他突然笑了。有人看见他笑,觉得很奇怪,便问他为什么笑呢?他不说一句话,转身面对母狼离去的方向,仍在笑。

阿汗知道母狼并没有离去,它一定卧在山冈上,在看着栅栏上的狼皮。它身上有公狼皮留下的味道,它闻一闻后,就会觉得公狼没有死,还在栅栏上趴着,还等待着自己下去带它离开。阿汗猜想母狼一定还会回来,带它的爱人回家。

母狼虽然没有成功,却让阿汗笑了,能让他笑的事情,总是好事情,别人都不理解,只有他知道是怎么回事。

傍晚,阳光变得无比浓郁,一层光彩在地上慢慢弥漫。阿汗想,母狼一定看见了夕阳,就连公狼最后剩下的皮子也在夕阳的光彩中。

阿汗在等待母狼。

不久,母狼果然又潜进了村子。

阿汗悄悄看着母狼的举动。它比上次更谨慎,把身体伏得更低,向公狼的皮子悄悄地接近。夕阳的光辉渐散,公狼的皮子上一片灰黑,那是狼本来的毛色。阿汗看见母狼缓缓地行进,防止被狗发现,也防备着人。阿汗想,这是最后一次机会了,如果被人发现它的意图,即使人们不打死它,也会把公狼的皮子拿走,那样的话,母狼就没有任何机会了。

那只狗还在,母狼要走到公狼的皮子下,必然经过狗面前,从而被人发现。阿汗走到那只狗跟前,对着狗笑了,而当狗凑到他跟前,他却突然不笑了。狗吓坏了,乖乖地卧在他身边,不再动了。

村子里没有人在外面走动,每家每户屋顶上都升起炊烟,人们都在做晚饭,没有谁注意到,母狼正在接近公狼的皮子。

慢慢地,母狼接近了公狼的皮子。

阿汗明白,母狼鼓足了力气,打算走到公狼的皮子下面,跳起来把公狼的皮子扯下来驮走。但是,在它快要进入栅栏下面、准备用嘴扯下公狼的皮子时,它又被人们发现了。因为它中午已经出现过一次,所以,人们知道它要干什么,于是又挥舞着刀和木棒冲了过来。

阿汗叹息一声,用拳头砸了一下身边的栅栏。

阿汗紧张地看着母狼。它听到人们的叫喊声后,并不急于逃走,仍然用嘴去扯公狼的皮子,但它够不着,跌倒在了地上。它抬头看了一眼公狼的皮子,痛声嗥叫一声,再次跳起,但栅栏太高,它仍然失败了。

夕阳变得暗了,似乎天空被一块黑布包了起来。

母狼如此折腾,反而被人们包围得严严实实,它已没有任何机会逃走。人们手里仍握着刀子和木棒,每个人喊出了很大的声音。它已经失去最佳时机,再也无法突围出去了。

狼 殇

人们都很高兴，握着刀棒越来越近。上午打死了一只狼，现在又有一只狼来送死，今天的运气不错。

母狼前仰后蹲，没有要逃走的意思。人们往前逼近几步，手中的刀子和木棒扬了起来。

母狼仍然没有反应。

人们不再犹豫，逼到它跟前。它抬起头，看了一眼公狼的皮子。太阳最后的光既没有彤红，也没有明亮。夕阳落下去了，公狼的皮子又变得干干净净，看上去仍像是趴在栅栏上，在等待着它走近。

母狼低下头，嗥叫了一声。

人们一慌，手中的刀子和木棒落空了。

母狼一跃而起，一头撞向栅栏的一根木头。

阿汗远远地看着，叫了一声。

那根木头是栅栏中最粗的，母狼的头撞上去，发出一声闷响，然后，它的身体软软地倒了下去。

人们慢慢走近它。有人用木棒捅了捅它的头，它一动不动，人们这才发现，它已经咽气了。

一只狼把自己撞死了。

人们不知该如何处理这只母狼。如果是他们用乱棒乱刀将它打死或砍死，谁也不会感到意外，但它自己选择了死亡。人们终于明白，它两次潜入村庄，是想把公狼的皮子弄走，最后眼见无法弄走，便选择了死亡，自己倒在了公狼的

狼之殉

皮子底下。它就是死,也要死在曾经与自己朝夕相处的公狼身边。

  它如愿了。

  天慢慢黑了,村庄里安静了下来。

  第二天,人们又看见阿汗在笑。

  太阳又出来了。

狼　殇

后记　期望你回家的眼睛

这些年，写了一部狼题材的长篇小说《狼苍穹》，也写了收入此书的这些关于狼的短篇小说。

因为是小说，在写作中便强调文学品质，但写着写着，总觉得缺一些什么，思忖再三，决定向新疆习俗和民间靠拢，把狼还原到新疆的地域气息中，让它们与一块土地契合，成为一方天地的精灵。目睹狼故事发生的是牧民，给我讲狼故事的也是牧民，我理应运用他们的语感来叙述。来自民间的故事有地气，甚至对文学会起到影响，更会让狼有精气神。我想，向民间靠拢，更应该是对一块地域的尊重。

有一句谚语说："猎人啊，你走过了多少座山冈，就有多少双眼睛在期望你回家。"我很喜欢后半句"有多少双眼睛在期望你回家"，觉得它暗合我这些小说从搜寻到叙述的写作过程。

一些谚语、民歌和长诗片段，亦被引用书中。这样的结构使本书有了一些田野气息，同时也有了一种仪式感。在牧场上，人们每每讲故事时，都要极其庄重地围坐成一圈，然

后 记

后才由其中一人开始讲述。本书的每一篇都这样开始，是因为我心仪他们讲故事时的庄重和严肃，也是对地域的尊重。我惊讶地发现，这些少数民族多年来总结出了无数有关狼的谚语和民歌，其语言之精辟，要义之深刻，无不让人叹服。我想，如果有人下功夫将其搜集整理，一定会集成一部另一种文本的狼书。

在新疆生活二十余载，如今终于将这些故事撰写成小说。小说中的狼故事，分别发生在草原、沙漠、雪山、村庄、河流等场地中，附带有天地生灵的脉息。牧民们先于我的写作将这些故事口头传播，使之成为新疆最好听的狼故事，而我只是做了一个有心人，将这些狼故事写成了书。

在新疆写狼，我视为幸运获取的奖赏。

是为后记。

作　者

2019 年 5 月 29 日于延安

图书在版编目（CIP）数据

狼殇 / 王族 著 ;— 武汉：长江文艺出版社，2020.2
ISBN 978-7-5354-9453-5

I.①狼… II.①王… III.①短篇小说 - 小说集 - 中国 - 当代 IV.① I247.7

中国版本图书馆 CIP 数据核字 (2020) 第 002755 号

狼殇

王族 著

选题产品策划生产机构｜北京长江新世纪文化传媒有限公司
总 策 划｜金丽红 黎 波
责任编辑｜刘燕红　　　　　装帧设计｜郭 璐　　　　　责任印制｜张志杰　王会利
助理编辑｜张晓婷 周海热　内文制作｜张景莹　　　　　版权代理｜何 红
法律顾问｜梁 飞　　　　　媒体运营｜刘 冲 刘 峥 洪振宇
总 发 行｜北京长江新世纪文化传媒有限公司
电　　话｜010-58678881　　　　　　　　　　传　　真｜010-58677346
地　　址｜北京市朝阳区曙光西里甲 6 号时间国际大厦 A 座 1905 室　邮　编｜100028
出　　版｜长江出版传媒　长江文艺出版社
地　　址｜湖北省武汉市雄楚大街 268 号湖北出版文化城 B 座 9-11 楼　邮　编｜430070
印　　刷｜三河市兴博印务有限公司
开　　本｜880 毫米 ×1230 毫米　1/32　　　　印　　张｜6.5
版　　次｜2020 年 2 月第 1 版　　　　　　　　印　　次｜2020 年 2 月第 1 次印刷
字　　数｜115 千字
定　　价｜49.00 元

盗版必究（举报电话：010-58678881）
（图书如出现印装质量问题，请与选题产品策划生产机构联系调换。）